气韵

输气管理处职工文学作品集

《气韵——输气管理处职工文学作品集》编委会 ©编

石油工业出版社

图书在版编目（CIP）数据

气韵：输气管理处职工文学作品集 /《气韵：输气管理处职工文学作品集》编委会编 . —北京：石油工业出版社，2020.6

ISBN 978-7-5183-3912-9

Ⅰ . ①气… Ⅱ . ①气… Ⅲ . ①短篇小说—小说集—中国—当代 ②诗集—中国—当代 Ⅳ . ① I217.1

中国版本图书馆 CIP 数据核字（2020）第 081448 号

出版发行：石油工业出版社

（北京安定门外安华里 2 区 1 号　100011）

网　　址：www.petropub.com

编辑部：(010)64523537　图书营销中心：(010)64523633

经　销：全国新华书店

印　刷：北京中石油彩色印刷有限责任公司

2020 年 6 月第 1 版　2020 年 6 月第 1 次印刷
889×1194 毫米　开本：1/32　印张：8.75
字数：230 千字

定价：68.00 元
（如出现印装质量问题，我社图书营销中心负责调换）
版权所有，翻印必究

《气韵——输气管理处职工文学作品集》
编 委 会

主　任：安建川　陈　亮

副主任：杨毓杰

成　员：张培忠　杨　忠　李　欣　胡　剑　李　明
　　　　冯　兵　曾润奇　马学峰　罗　敏　张登高
　　　　殷　朋　黄　成　裴　林　王　靖　彭　荣
　　　　陈敬东　晏贤臣　罗　晔　聂　华　刘　红
　　　　陈　琳　张　凯　卢　勇　李清英　吴晓会
　　　　邹跃伟　蒋　忠　胡春华　陈吉权　谢　鹏
　　　　贺　宏　张慧敏　张竞之　范照明　夏白鹭
　　　　黄利军

《气韵——输气管理处职工文学作品集》
编 撰 组

组　长：罗　晔
副组长：范照明
成　员：张慧敏　张兢之　夏白鹭　黄利军

前 言

镌刻时代的篇章

从20世纪60年代中期到现在,中国石油西南油气田公司输气管理处已走过52个春秋。

漫长的半个多世纪,风起云涌,沧海桑田。巴蜀大地上,300余座输配气站场点缀在"三横三纵三环""高低压分输、输配气分离"的历史画卷里;几代川油人"川气出川"梦想成真;与国家骨干管网互联互通,惠及万千民众……

这52年,是从无到有、从小到大、从弱到强,全面激荡迸发和升级的52年;也是创造价值,演绎精彩人生和悲欢故事的52年;更是变得富有活力、日益强盛、值得铭记的52年。

今天,我们迎来了收获喜悦与感动的日子。不思量,自难忘。散发着油墨芳香的133篇"气韵"装帧成册,久远的记忆瞬间复活,温情弥漫在严寒的冬日里,并随着细微的心弦涌动泛滥。

书中记录的事件或许并不波澜壮阔,采撷的人物或许也很平凡,但正是缘于他们内心那份执着与坚持、真诚与善良、奉献和牺牲,还原了我们身边最普通却最靓丽的风景,积攒了时代征程中弥足珍贵的精神财富,也为新时期输气人坚韧不拔、负重前行的品质留下了生动注脚。

感动是什么?感动就是生活。在这个世界上,每个人都是独一无二的。你在这个世界上的价值,就在于你与众不同。来自真实生活的感动,如影随形,无处不在,触手可及。气韵是什么?气韵就是超越,选择成为你自己,意味着不断反思、拷问和超越,为自己树立至高的标准,追求最高的境界。于是,西南油气田输气人在真诚无私的奉献中,随着纵横交错的管网呼啸而过的,还有他们对美好生活的激情与向往,以及从心底喷涌而出的博大情怀。

气韵自然包含着对生命的敬畏、对事业的执着和对家庭的责任。翻过一页又一页,曾经发生在管道边、场站里的故事,在风雨如磐的回眸中娓娓道来；曾经走在川渝大地上孤寂的背影清晰如昨，夹带着露珠和泥土翩然而至；曾经独坐清冷的窗前，于孤灯独影中漫笔人生，从文思泉涌里缓缓流淌。此时，流淌的文字中夹裹的喧闹，淹没了大千世界的寂静。

品味一篇篇气韵十足的征文，那些执着而坚韧的身影，无时不在感染着我们、温暖着我们。他们正用一种我们习以为常的姿态，生动诠释平安输气的充实和快乐。常年投进在大山怀抱，走在徒手开辟的输气小道上的巡线者；日复一日远离亲人和繁华，巡检在偏远输气小站的输气工；晴天一身汗、雨天一身泥，默默驻守在工地上的建设者……寒夜降临，你们越发清醒，用户的心悬得越高，你们肩上的责任越重。在广袤的川渝大地上如此从容，别问是如何做到的，每一个传奇背后都隐藏着无数输气人的坚守与执着。

一切非凡都源自平凡，极致的平凡就是非凡。他们发出令人瞩目和荡气回肠的声响，激发出前所未有的创造，使企业也有了自己的精神和灵魂。他们的面孔熟悉抑或陌生，不过，这并不重要。因为，过去的若干年，他们充满创新精神，输气因他们而改变。放眼未来，他们还将激情洋溢，更具魅力。正因为有了他们，我们几乎不用怀疑，输气未来会有多么精彩。

这样的气韵充满力量。改革的时代造就了他们，让他们在寒冬时节化为缕缕暗香。他们勇立时代潮头，也造就了这个时代，成为时代前行的实践者、见证者，让这个时代在历史长河中大放异彩。

52年，52朵翻腾的浪花，52段激越的乐章，更是52座奇美的山峰。每一个故事既是输气文化内涵的高度浓缩与结晶，又是输气文化内化于心、外化于行的集中体现。而一个个鲜活的故事和人物，犹如多棱镜的侧面，承载了输气的历史与传统，展示了输气的内涵与修养，凝聚了输气的精神与作风，体现了输气的风范与气度。注视着你们的背影、追随着你们脚步的，是我们永久的牵挂。

风格是心灵的外观。我们相信，这份温暖和感动，将成为管网不断延伸和输气文化建设的磅礴之力。让我们记住这些事件和人物，并将他们带给我们的感动，化为超越梦想披荆斩棘的力量。

范照明
2019年冬至

目录

第一辑　平凡岁月绽芳华

- 3　我为祖国献石油 / 张坤华　黄利军
- 6　青春的芳华 / 罗淑清　黄利军　黄　然
- 8　火红的荔枝 / 陈志远　郑剑雄
- 10　与输气的不解之缘 / 薛其贵　黄利军
- 13　魂系塘河 / 林　业
- 15　半世情缘 / 谢丽红
- 17　40年，我们这样走过 / 范照明　郑剑雄　王晓红
- 20　我的"神仙"老爸 / 杨庆宁
- 23　恋"红" / 邱　勇
- 25　唱红歌 / 罗　琴
- 27　盛开的格桑花 / 王晓红
- 29　初上楚攀线 / 贾来明
- 31　一枝一叶总关情 / 张建平
- 34　走在创新的大道上 / 高梦溪
- 37　见证"输气速度" / 李　洪
- 39　爱要拼 / 郑剑雄
- 42　旗帜的力量 / 高梦溪　张圣兵
- 44　唯愿不负这一身红衣 / 何　鹏
- 46　党员的力量 / 黄　然
- 48　利剑出鞘 / 邓国焱
- 51　汛期来临前 / 肖博雅　易可瑶

53　寒风中的抢险人 / 蒋　怡

54　在指尖上"移动办公" / 李　力　邓国焱

55　碎纸机复生记 / 蒋　怡

56　凌晨四点半的天空 / 张书蓝

58　难忘 130 天 / 郭梦宇　吕世平

61　磨铜线上的"最美逆行" / 范照明

第二辑　展开时光的卷轴

69　辣妹子 / 谢丽红

71　管护工代华平的一天 / 杨　珂

74　半百党员的新跨界 / 张兢之

76　妈妈我看你来了 / 谯　伟

77　陈姐的"告白" / 邱　勇

79　页岩气上再出发 / 谢丽红

82　站场来了"老徒弟" / 黄利军

84　姐弟劳模 / 谢丽红

86　金牌会计的那些事 / 杨　珂

89　魏勇的"孙子兵法" / 陈昱芃

91　老管护的责任心 / 罗　琴　罗　斌

92　不变的守望 / 伍　帅

95　输气工冯超的"图画" / 罗　琴

96　"牛"司机的安全"星" / 吕世平

99　元气少女 / 余思娴

100 带"狠劲"的老蔡 / 周思琪　喻梦珂

102 非常之人 / 曾　艳

104 别样的青年突击队 / 黄　然

106 来自一线的"安全专家" / 肖博雅

108 清水出芙蓉 / 陈　莉

110 焊花飞溅出的美丽 / 蒋　怡

112 蒙面侠 / 赖治屹

114 "抢"饭 / 赖治屹

115 "山猫"的猫经 / 熊　波

118 小将挑大梁 / 钟雅璟

121 我的站友们 / 朱凡勃　麦寒露

123 我的轮班生活 / 杨　旸

125 "胖子"何苦为难"胖子" / 周思琪

127 雨后巡线 / 周　蓉

129 指尖上的舞蹈 / 高梦溪　张圣兵

131 挥挥手不说再见 / 杨　珂

134 一盏心灯 / 夏白鹭

137 "女汉子"山青 / 彭桂琼

第三辑　那是你的模样

141 婚礼上的"肉肉" / 聂　华

142 拜托圆月 / 张慧敏

144 从"打牙祭"说起 / 王厚迁

146 儿时的记忆 / 陈　英

148	关掉弹幕 / 谢雯洁	
150	妈妈的一亩三分地 / 李春媚	
152	牵着您的手 / 郑剑雄	
154	人间烟火皆真爱 / 谢丽红	
156	初夏的蔷薇 / 庄瑞玫	
158	修身 / 谢翼峰	
160	未曾设想的道路 / 陈雪松	
162	蜕变 / 池亭瑶	
164	"奔三"路上的告白 / 周思琪	
166	铁人精神薪火相传 / 包梦薿	
167	少年有梦 / 代华翔	
169	输气小站的细致与滋润 / 张慧敏	
171	四十年三代人 / 刘　畅	
173	我的十年 / 李　洪	
176	让我为你而歌 / 张慧敏	
178	我看晚霞时　不做任何事 / 黄　然	
180	另一个家 / 卢华中	
182	朴素的力量 / 郑剑雄	
184	游戏和生活 / 曾　洋	
186	玉峰山下牵牛花 / 彭　阳	
188	唱给青春的歌 / 张慧敏	
190	啊，楚攀 / 裴　林	
191	华夏之梦 / 唐子琳	
192	做事 / 王若檬	
194	初心的选择 / 薛　超	
196	安岳石窟游记 / 贺　宏	

第四辑　温暖与你一路同行

201　采输工人献青春 / 张坤华

202　如歌的行板（组诗）/ 罗　晔

205　碧池清梦 / 石晓波

207　穿越千年的凉面 / 唐子琳

209　春 / 李　琴

210　冬絮 / 高梦溪

212　春之烟雨 / 卢华中

213　红旗赞歌 / 黄才晟　石晓波

215　不忘初心 / 李　芳

216　临江仙·致无人区穿越者 / 王厚迁

217　父亲的桑叶茶 / 李艳丽

219　平凡之路 / 廖成兴

220　秋思 / 徐婧源

221　香樟树 / 范照明

223　秋天的味道 / 奉廷昱

225　秋日私语 / 叶　青

227　深秋桂花香 / 何　江

228　等待 / 罗洪宇

229　输气颂 / 严　学

230　驾驶员的守望 / 熊忠涵

231　见证 / 黄才晟

233　成佳记忆 / 邱　勇

235　二月的春 / 邹　燕

236 　寒风中的守候 / 邹　燕

237 　情怀 / 侯玉林

238 　梦想与荣光 / 李　芳

240 　不负韶华 / 周思琪

241 　四十风雨铸辉煌 / 黄才晟

243 　岁月极美 / 郑前进

244 　同学赋 / 雷　欣

245 　为梦想远航 / 李　芳

246 　为梦想接力 / 李　芳

247 　悟道 / 宋柏杨

250 　仪陇赋 / 熊忠涵

251 　油气岁月，今朝你我 / 敬小倩

253 　春赋 / 谢雯洁

255 　"我"眼中的你 / 张书蓝

257 　冬雪 / 范照明

260 　冬日暖阳 / 李林蔚

261 　剪影 / 王　静

262 　女儿的第一次比赛 / 冉　娟

264 　春雨 / 廖思琪

266 　我的母校 / 刘　芳

代后记

第一辑 平凡岁月绽芳华

岁月在低眉浅笑中渐行渐远
描绘寒暖与悲欢
亦描绘生命中的努力与坚强
还有在行走中日益饱满的丰盈的灵魂

我为祖国献石油

作为西南油气田公司首批108名采输工人中的一员，1961年8月，我在重庆石油学校集训三个月后，在自贡采气井站实习，实习完后到石油沟。

1962年，矿里号召我们年轻人到铁一井、南三井修公路、平井场、搞土建任务，我们义不容辞地奔向前线。修公路、抬条石、下机具、搬钻井平台。我们住在附近老乡的房子里，女同学住在猪圈的二楼，整天楼下猪儿叫，楼上猪尿臭。不过那时年轻，每天劳动强度大，倒下就能睡。早上洗脸漱口用的是田里的水，吃定量粮，每月30斤。

1963年，巴渝管线投产，我们被分到各点站当配气工、巡线工、仪表工等。正式通气后，源源不断的天然气输往重庆钢铁公司。我们见证了新中国单条长输管线投运，见证了长江大跨越。

后来，一些同事到东溪气田采气井站工作，我们那时学一行爱一行，一专多能，学习井身结构、井下地层地质结构、站场设备操作等，钻研采输技术。我在全矿采气技术比赛中多次获得冠军，在输气处也获得过技术冠军、技术能手的称号。

1964年至1965年，我调到了石油沟东溪气田巴18井，在四川贵州交界的山上，荒山野岭，工作条件非常艰苦，离场镇10多千米，无交通工具、无电、无通讯，自己挑水。那时值班很危险，有一天深夜，我和欧兴元值班，突然来了两只野狼围着火堆转，我俩手持梭镖枪，勇敢地杀向野狼，野狼被我们吓得向外逃窜。

巴18井每天向东石管线输气，每月月底取下卡片计算气量。往矿区送资料的路上，资料放在包里，一手拿着手电筒，一首拿着防身用的木棍，要步行约4至5个小时。一路上不时有蛇、野兽等,我们大着胆子,拿着棍子,坚持走到队部。虽然满身是汗,心里也害怕,但完成任务后却非常高兴。

1966年初,我们背上行李、爬上敞篷车,唱着"我当个石油工人多荣耀"的歌,一路赶到"红村"会战指挥中心。行李还没有放下,就叫我去麻柳山威成输气队报到。我们住在半山坡上,油毡子盖房,一间房住10到20人,大通铺,用楠竹杆搭建,没有垫絮,就用稻草铺床。

第二天,队领导叫我们去兰家坝站上班。当时站上工艺管线已联通,埋地管线泥土还没回填,已开气投产向威远炭黑厂供气生产。我的师傅游保巨从石油沟调来当站长,我任副站长。

1974年,威成输气管线在大修时,因运输车辆不够,我们抬着约20千克的阀门,去15千米外的付家站更换。我和周泽东同志走了将近一天时间才将阀门抬回。那时心里只有一个想法,就是再苦再累也要维修好输气管线。

1973年,我在曲江站任站长时,站上有四位员工,吃水要靠自己挑,一条泥路通向外面,"天晴一把刀,落雨一身浆"是那时的写照。

为了向管线沿线群众宣传保护天然气管道,站上除一人守站外,其他三名员工都要背上铺盖卷,扛起锄头,沿线宣传保护管线的法规。巡管时,用锄头挖管线5米范围内的深耕植物,遇到有人就向他们宣传保护天然气管线法规,随身背了个水壶,走到天黑就在老乡家里借宿、吃饭。那时我们都在想:王铁人可以带头搅泥浆,我们就要认真保护好管道,这就是输气人的自豪。

为了掌握曲江站输气管线的基本情况,我们买了一根18米长的棕绳,每米打上一个小结,对20多千米管线进行了实测,在本子上记录管线附近的地名、河流、房屋等,绘制了"管线走向示意图"。埋地管线的资料逐渐摸清,基本做到管线"五清""六无"标准,并把这个经验进行推广,对输气管线的维护、管理起到了一定的作用。

1975年，威青线竣工投产，因清管发球人员不够，朱队长电话通知我去二峨山进行清管通球。当时没有交通工具，我骑自行车从曲江站到二峨山下，骑了30多千米，二峨山站在山顶，公路弯弯曲曲，坡陡路险，无法骑自行车，只有推着自行车走，一直推了10多千米，到站休息片刻后，就开始清管作业，工作顺利完成后，就在房内坐了一晚上，第二天返回曲江站，人非常疲倦，但一回到曲江站，又立刻投入到紧张的工作中。

（张坤华　讲述；黄利军　整理）

青春的芳华

别看我个头不高,好多年轻人跟我一起走路都感觉像在赶趟子,这和我年轻时当巡线工有关。

我的家乡在重庆市秀山县。1965年,听说石油单位到秀山县招工,我立即报了名,原因很简单:就想到外面去看看。

当时交通不方便,又是坐船,又是坐敞篷解放车,在路上,我们一直唱着革命歌曲,没想到路越走越远,越走越偏僻,大家都是第一次离开父母出远门,好多姐妹在路上唱着唱着就哭了。

汽车到了隆昌气矿,欢迎的队伍敲锣打鼓迎接我们,我们那一批有400多人,当晚就分配到各个采气队,下车后又立即坐上前往采气队的敞篷车,这是我第一次知道我即将成为一名采气工,但不知道采气工究竟是干什么的。

我被分配到了隆昌气矿采气2队,车到达采气队时已是深夜2点左右。下车后,我们钻进了用毡子搭建的茅草房里,队上早已为我们准备好一盆热水、一张毛巾。那一夜,来不及细想就沉沉睡去。

在采气2队,我成为一名优秀团员。1976年,我代表隆昌气矿参加四川石油管理局团委四届六次扩大会议,会后还发了一张毛主席视察隆昌气矿的照片给我做留念。

1978年,我调到输气处的泸威输气队,没多久,又到了兴隆输气站。站里全是女同志,大家都亲切地称兴隆输气站为"女子站"。从采气工变成了输气工,工作的内容可一点也没变少,不光要维护保养好设备,还要当好一名巡线工。

那时,巡线工不光要巡查管道和通信线路,还要爬电杆,在7米高的杆顶处理通信故障。我记得兴隆站管理约50千米管道、100多根通信电杆、三百多个里程桩,每周要全线巡查一次,平时还要保养测试桩、里程桩和护坡堡坎。

巡查管道久了，和沿线的老乡渐渐熟悉起来，我们巡线到中午时，只能吃一点干粮，老乡看见了，就主动邀请我们去他们家里吃红苕稀饭，感觉那时的红苕稀饭真香啊！

我们半夜处理通信线路的故障实在太多了，记得有一次半夜2点，通信线路突然出故障，姐妹们就赶紧出门，结果半路打起雷、下起雨来，雷声越来越大，我们只能躲进附近老乡的家里去避雨，等雷声稍微小一点后，就赶紧去处理故障。

1978年的一天，我在站上突然接到通知要去处机关开会，到了处机关后，才得知我将去北京出席中国妇女第四次全国代表大会。听到这个消息时，我激动万分。在成都，我和四川省煤炭局、电力局等单位的代表一起坐飞机到了北京，这是我第一次坐飞机，看见窗外飘着的白云，心里非常激动。

会议还有两天结束时，会务组突然传来一个好消息，会议结束前会有中央领导来接见我们，全场所有人都立刻沸腾起来。

接见我们的有华国锋、叶剑英、邓小平、李先念等中央领导，他们和我们一一握手，这可是领导对我们的鼓励，我当时就激动地流下了热泪。我记得那天我穿着黑灰色的布衣，虽然只有很短的时间，但成为我一生中最珍贵的记忆。

我深深知道荣誉不只是我一个人的功劳，而是"女子站"所有姐妹付出努力的结果，快要离开北京时，我特意买了很多水果糖，带回站上分享给姐妹们，大家都感到高兴和骄傲。

虽然已退休很多年了，但每次回想起过去的石油生涯，那些人、那些事依然就像发生在昨天。

（罗淑清　讲述；黄利军　黄　然　整理）

火红的荔枝

1958年,我从部队退伍后,没有选择部队安排的去县城工作,而是选择去隆昌气矿3218队当了一名工人。当时队上没人会开车,而我在部队当了两年坦克兵,班长就让我驾驶队上唯一的一台柴油车。开车的时候,我也了解到各个车间的生产模式,学到的东西也挺多。

1964年,我被组织派往川中矿区1269试油队当副指导员。1978年,付合输气队成立后,为了照顾家,我回到了合江。

当时,一起到合江的有26个人,一年后就只剩24个人了,因为老合江太苦了。剩下的人都非常努力,我们24个人都坚持一起走了下来。

当时,我们连睡的地方都没有,一群人先搭个草棚将就晚上过夜。白天忙生产,晚上所有人去江边挑泥巴搭土墙房子。夜里一有事情随时叫人,那个时候没有手机,睡觉的时候经常被叫醒,我们都习惯了,躺下马上睡,一叫就得醒,而且马上去抢险。因为是搭的草棚,相关部门没办法供水供电,所以经常翻山去别的村里挑井水。

1979年遇到施工,处里专门调拨了油罐车为我们拉水,水的问题解决了,电成为一个新问题。我们来来回回跑政府部门,一年下来才跑回了变压器,这才勉强把工程干下去。尽管条件得到了改善,但是新员工来合江上班,心理落差还是很大,他们看到车窗外面的路越开越偏心就慌,一路颠簸到了合江都不下车,哭着求师傅送他们回去。

1981年,输气管理处党委书记杨彬到合江检查工作的时候提道:"合江荔枝结得这么好,这样的地理条件,怎么不栽点荔枝树?"我们这才想到搞绿化来改善环境。

我们掀起了种树热潮，分班次种树，一个班种20多棵，多为黄果树、银杏树，也种梧桐、黄桷兰、香樟树。慢慢地，小树在成长，环境在变化。绿化好了，合江大大小小的学校都来我们这附近搞春游。这改变的不仅仅是环境，更是人心所向。

　　这些年，从穿筒靴走土路、沙路，再到水泥路，合江的变化我一直看在眼里。

　　1993年，我退休后，就住在作业区旁边。我儿子在成都有房子，想让我搬过去住，我拒绝了，主要是不想去市里住，那里空气不好，其次是我不爱去热闹的地方。现在晚上可以到作业区院子里散步，累了在凳子上坐一会再走。现在看到作业区结的荔枝都熟了，又能想起当年刚到合江的样子。

（陈志远　讲述；郑剑雄　整理）

与输气的不解之缘

（一）

1970年，我从西南石油学院机械系毕业后，被分配到东北抚顺石油机械厂工作。

1975年，我调到输气指挥部搞技术工作。从东北到四川，从搞机械到干输气工作，地理环境虽然变了，但心中的理想没有变。

不久，输气管理处实施了一项大型整改工程，叫"640"工程，主要是针对不同的压力等级，对原先的旧设备进行更换。这个工作看上去简单，实际却非常复杂、精细，要求新设备及配件必须"接得上、安得牢、丝毫不差"。

在施工过程中，我发现一批知青和老工人的文化程度不高，技术基础差，很多工人连图纸上的符号都不认识，更谈不上识图，技术术语更是一窍不通。好在大家学习技术的热情很高。于是，我找到领导谈了自己的想法，建议对他们进行技术培训。

领导对现状了如指掌，有些为难地说："我们国家的管道建设刚起步，能送到哪里去培训啊？要不，你来试一试？"

这既是领导的信任，也是对我的莫大鼓励。我下定决心，一定要培养出一批管道建设、维修方面的技术工人。说干就干，我围绕设备加工技术、制图、识图、管件制造，动手编写文化和技术教材，对他们进行全面培训。

那段时间很辛苦，每天白天工作，晚上授课，上完课后接着编写教材。连续培训了3个月后，见到了成效。再给工人们一张图纸，无论管工、车工都能按照图纸做出配件，看到大家取得的成绩，我打心眼里高兴。在这支队伍里，迅速成长起一大批技术骨干，整个维修队伍的力量得到明显加强。

（二）

20世纪70年代中期，四川还没有液化气，四川石油管理局给输气管理处下达了一个任务：负责川西北液化气厂的建设施工。

施工前，我们遇到一个问题，建设中的图纸和我们使用的图纸标识方法完全不同。恰好我在东北为几个炼油厂干过设备配套工作，学习过这类图纸的识别，于是我跟工程师齐心协力，共同研究，终于完成了所有图纸的识别。

记得有一天，施工队伍从早上8点一直干到下午5点左右，我正在平台上指挥焊接，突然眼前一片漆黑，什么都看不见了，只能躺在平台上。大伙看见后，立即把我送到江油医院，但江油医院没法医治，又立即把我送到成都中医学院。经过检查，查出眼睛长期受到强光刺激，得了虹膜睫状体炎。

住院期间，由于其他人对图纸不熟悉，领导便安排人把图纸拿到医院。在病床上，我为施工人员详细讲解了每一张施工图的符号、部件等。

液化气厂建成后，四川开始大批量生产液化气，应用到各个领域，为国家做出了很大的贡献。现在想起来，我很遗憾没有全程参与到这项工程中。

（三）

1975年，我眼病治愈后回到岗位上。当时，石油工业部缺乏经济管理方面的人才，四川石油管理局急需培养一批既懂生产又懂经济的人才。

经过组织部门的考查，考虑到我的身体状况，征求我的意见能不能"转行"。领导看我思想上有疙瘩，就让我先到劳资科去试一下，如果能够适应就继续干，适应不了再回来从事技术工作。

到劳资科后，科里正准备开展一项新的工作，学习国际上的管理经验，合理定编机构和人员。接到这个任务时，我感觉有点懵。那段时间，我查找了很多国内外资料，遇到问题，大伙就一起交流、讨论，最后参考国际上的泰勒标准，我们编制出了输气管理处的定员定额标准，由以前的直线管理模式变成了专业化管理模式。

在担任副总经济师、总经济师期间，我发现燃气市场前景广阔，提出了"发展民用气"的思路，经过调研，写了一个报告给处里，领导和部门经过研究后认为可行。

大约在1983年前后，我们又调研了一次，写了一个更详尽的报告呈交给上级部门，准备先在双流和龙泉驿进行民用天然气试点。

当时，局里有两种意见，一种认为天然气很宝贵，用作民用非常可惜；另一种意见认为天然气民用后，不仅可以解决污染问题，还能解决老百姓的生活问题，两全其美。讨论一直持续了两个多月。期间，我多次向上级说明发展民用天然气的好处和需求，尽力争取上级支持。不久，局里同意把双流、龙泉驿作为发展民用天然气的试点，拉开了发展民用天然气的序幕，当时全国还没有这样的先例，可以说输气管理处开了全川乃至全国发展民用天然气的先河。

（薛其贵　讲述；黄利军　整理）

魂系塘河

一花，一叶，一世情怀。一人，一站，一生守望。

一个人就是一个站

侯少甫 1958 年参加工作，随钻井队四处修井场公路，后来到泸州炭黑厂干过技术员、采购员。1979 年，他拖着一个大麻袋来到了塘河输气站。从此，他与输气站结下不解之缘，也开启了一生的守望。

那时的塘河站生活条件极其艰苦，没有通电，只能用昏暗的煤油灯照明；没有自来水，只有拿上扁担和桶到 2 千米外的井里去挑；没有交通车，每天买菜要徒步走到 5 千米外的集市上……

就在这样的条件下，侯少甫默默地把责任扛在了肩上，多少个白昼，他挥洒着激情与汗水谱写着"平安输气"的赞歌；多少个黑夜，他强忍着孤独与泪水把对家的思念转化为对企业的忠诚。

一个人就是一个站。1985 年，塘河输气站荣获了作业区"五星"站场的光荣称号，侯少甫荣获了"输气管理处劳动模范"。

这里就是我的家

2004 年，塘河输气站退出历史的舞台。已退休的侯少甫又来到站上，什么话也没说，67 岁的他伸出双手将"塘河输气站"的门牌缓缓取下，反复地擦了又擦，眼神里满满都是不舍和依恋。这一年，他守护塘河站整整 25 年。

侯少甫不仅没有走，反而把家搬到了输气站旁边，守望着这个他付出了一生心血的站场。他在家旁边搭了个杂物房，只要和"中国石油"有关的东西，不管是别人送的，还是路边捡到的，老人家都会放到杂物房保管起来，如今杂物房已经被塞得满满当当。"看到这些东西，我就觉得我还是一名石油人。"说到这里，老人的言语几近哽咽。

时光荏苒，这一守又是12年。

我还要一直看着它

由于长期积劳成疾，侯少甫不幸患上了矽肺病，妻子也与直肠癌进行了长达8年的斗争，夫妻二人相互扶持，患难与共。为了妻子，侯少甫不惜变卖了站场旁的房子，把换来的钱全部给妻子治病。考虑到侯少甫家庭经济的困难，作业区特别安排让二老住进了塘河站的倒班房内。

虽然身体欠佳，但侯少甫有个孝顺的儿子——西南油气田公司劳动模范侯永，父子两代劳模的故事也成为年轻人学习的榜样。

"我是劳模，我儿子是劳模，我将来还要把我的孙子也培养成劳模！"侯少甫自豪地拍了拍胸脯。

每天，侯永都会到附近的市场上给二老买上新鲜的蔬菜，挑些土鸡蛋，在家里为老人打扫屋子、洗洗衣服、缝缝补补。"父母辛苦了一辈子，却没能好好享受一天。"侯永眼里噙着闪闪的泪花。

塘河站的对面是蜀南气矿塘1井，正是1966年"32111"钻井队用生命与火海搏斗的原址。"他们都是为国家献出了自己的生命，是真正的英雄。"隔几日，侯少甫都会带上抹布，到站上擦拭功勋碑，缅怀逝去的石油兄弟。

"如果有天我死了，希望能把我埋在塘河站旁，我还要一直看着它。"侯少甫就这样痴痴地望着塘河站，眼光中流露出一种执着和虔诚。

（林　业）

半世情缘

1969年，舒昌成分配到输气管理处泸威队，成为泸威队的第一批员工。队部和站场还在完善中，和他一同来的20多人，只能租住在附近居民楼，和民工一起吃钵钵饭。

半年后，舒昌成分配到曹家坝输气站。修建干打垒、养猪、种菜、监控站场运行，农业生产和工业生产同时进行。舒昌成认真学习技术，设备安装、流程调试时，他总是仔细观察，并虚心向师傅请教。

1977年，舒昌成调到队部，与一名工程师编写关于站场管理的《八项管理制度》。半年后，八项制度在自贡输气队上墙公示，并试点执行，之后在全处各输气站推行。这是舒昌成的第一个成果。1978年舒昌成被任命为自贡输气队调度长，在生产运行的平台，他一直干到退休。

舒昌成善于将实践与理论相结合，并在实践中将生产运行管理与安全管理形成规范。拿笔，能形成规范的书面文字；出口，能表述清晰让人茅塞顿开。他经常兼职"讲师"给青年员工和技术干部授课。1989年，舒昌成到渤海油田授课，在一次次外出讲课交流中，舒昌成引进相关管理模式，结合输气生产，为他之后参与安监站的设立、人员的培训奠定了基础。

1992年，舒昌成成为全国首批输气高级技师，到北京接受证书颁发。回想当年，舒昌成激动不已：那时输气高级技师只有两个，我就是其中一个。

之后，舒昌成更是专心于输气专业。1997年，陕京线投产，作为四川油田外派专家，参与运行投产，培训运行人员和操作人员，让在场的博士生、研究生刮目相看。到南海油田、长庆油田讲授,到西气东输现场参与培训,每到一处,当地企业都有意人才引进,但都被他婉言谢绝。

在输气管理处他多次参与各项标准的起草。1999年起草四川石油管理局企业标准《输气站管理》的编写;2000年执笔《中国油气管道》西南管道内容,2004年该书出版;2003年参与起草中华人民共和国石油行业标准《天然气管道运行规范》,同年国家经济贸易委员会发布;2006年,退休不到一年,舒昌成被单位返聘,编纂《安全生产监督管理纲要》,参与安监站机构成立、管理运行、人员培训等前期工作。作为国家高级技术鉴定员,他还参与了《技术等级规范》《输气管理处标准化操作规程》《输气生产定额标准》的编制。

2006年7月,舒昌成的外孙女出世了,他才停歇了工作的脚步,回到自贡,回到旭水河畔,和家人享受天伦之乐。

2010年,他铺开宣纸,提起毛笔,醉心于书法世界,2012年加入贡井区书法协会。既然做了,就努力做好、做精,舒昌成秉承着这样的人生信条,几年下来,笔下功夫十分了得。

舒昌成说:"我和输气管理处情缘很深,从我参加工作,转眼五十多年过去了,和我一起打拼的同代人都纷纷调到其他地方了,而我就喜欢守在旭水河畔。回想起成立之初的艰苦岁月,祝愿我们的输气事业蓬勃发展,未来更加美好。"

兴起之时,他挥毫作诗一首,是对自己经历的浓缩更是对输气事业的热爱:故人相见鬓已秋,回首往事岁月稠;英年豪情酬壮志,奉献能源竞风流。树高千尺枝叶茂,水向四方飞远舟;荣辱相携五十载,独守青春老旭州。

(谢丽红)

40年,我们这样走过

1978年,改革开放的春天来临。2018年,弹指一挥间。

建业:梦想与发展如影随形

1978年,合江输气大队成立。这一年,焊工段茂华带着妻儿来到合江大队,他们在池塘里担水,在草棚外挖坑煮饭。

"那时只有从江津到付家庙的管线,年输气量仅5亿立方米。"段茂华说,为了保障安全输供,他曾三天三夜在工地上奋战。

大队长梁志才参加过抗美援朝,他在一次会议上说:"条件是差了些,但大家一起努力,争取把合江大队建成花果山。"

"建设花果山"——梦想与发展,从此如影随形,深深融进大伙的期盼里。

员工们掀起了热潮,分班次种树,一个班种20多棵,种黄果树、银杏树,也种梧桐、黄桷兰、香樟树。慢慢地,小树在成长,环境在变化,到20世纪80年代后期,昔日的荒芜之地,花果山的轮廓已初步显现。

改变的不仅仅是环境,更有人心所向。原合江大队管辖的付合队指导员白正明说,队上对一些制度进行了改革和完善,激发了员工的斗志,遇到管线上有事,10分钟就集合完毕,15分钟内就能出发。

1980年春节,白正明带队从榕山站步行20多千米到塘河,与一线员工吃年夜饭。从那时起,与场站员工一起过节,成为合江大队的"新年俗",代代相传,延续至今。

守业：梦想因改革破土重生

1993年，合江大队更名为合江输气分公司。这一年，输气公司举办技能大赛，董兵以合江第一名的身份参赛，成绩排在倒数第4名。董兵不知是庆幸，还是沮丧。更让"合江人"难堪的是，合江大队的综合评比在全公司8个输气分公司中排在末尾。

合江想不想变？能不能变？怎么变？1994年，时任大队党委书记的蒋嘉青，与班子成员一道提出"真抓实干，勇创一流，勇争先进"的理念。

抓生产、计量、场站、管线管理，抓职工队伍建设，创新规章制度和管理流程；领导干部每年走一次管线，每月15天在场站；在场站值班室率先装上空调，有限的资金用在职工身上……

董兵返回合江后，开始了梦想的耕耘。练坏了眼睛，就用耳朵听，调压阀调压时，他靠听声音能精确到0.02兆帕。在合江，像董兵这样因改革而改变人生轨迹的故事俯拾皆是。

1999年，合江输气管线突破250千米，年输气量突破17亿立方米。2003年，获得中国石油天然气集团公司"百面红旗单位"称号。

强业：弄潮新时代

以安全平稳输供气为中心，通过改革创新来推动发展，始终是合江作业区永恒的主题。

输气管线面临的风险和挑战日益增加——第三方施工破坏、频发的地质灾害、季节性调峰能力不足……

班子换了一届又一届，但"举红旗、强三基、铸品牌、创一流"的信念丝毫不动摇。

2010年，作业区被列为中国石油天然气集团公司"千队示范工程综合示范单位"，在党的建设、队伍建设、班组建设、基础管理等方面，改革和完善了800余项工作制度、方法。

发展是硬道理。合江作业区在站场管理标准化、生产作业精细化、基础管理信息化等方面不断探索，90项"五小成果"和合理化建议得到推广应用。

2013年，"三化"管理模式荣获中国石油"新时期十大创新方式方法"。2017年，作业区被命名为"西南油气田基层建设综合示范单位"。

"百面红旗"对输气工吴小波的影响同样深远。2005年和2007年，吴小波参加作业区技能选拔赛两次出局。当了两次陪练，吴小波对金字塔尖的向往更加热切。2016年，吴小波再次参加西南油气田公司技能大赛，一举拿下金牌。2018年，捧回全国五一劳动奖章。

2017年，合江作业区管线近500千米，年输气量超20亿立方米，管理难度日益增加。

"合江人"初心不改，对梦想的执着始终不变。2018年4月，两佛复线场站适应性改造，90后女技术员李梅琳坚守在江津总站，一干就是8天7夜；南干线东段停气碰口，她在佛荫站坚守了12小时，回到作业区已是凌晨时分……

时代脚步疾速前行。合江贯穿平稳输供气，未来发展目标清晰可待：发挥"资源雄厚、管网完善、产品优质、服务一流、文化深厚"五大优势，以精湛的技术、精细的管理、精心的服务，为用户输送"安全气"。

40年风雨兼程，我们这样走来。回首昨天，雄关漫道真如铁，展望明天，长风破浪会有时。

（范照明　郑剑雄　王晓红）

我的"神仙"老爸

个子不高,黑黑瘦瘦,不多言不多语,一辈子与世无争,头发已花白,这是我的老爸。

很普通,普通得不能再普通,这是我的老爸。

1949年出生,属"解放牌"。

1965年,从重庆招到四川石油管理局荣县的筑路处。在招进来的那群人里,老爸算是年龄最小的一个。老爸从小吃过很多苦,也算是吃着"百家饭"长大的。

刚到单位报到时,老爸身上没有带任何东西,没有被子没有多的衣服,连一个吃饭的盅都没有,还是一位街道代表送给他一个饭盅才吃上饭。

老爸很瘦小,喜欢一个人独行。他养了一条小狗,形影不离,到任何地方,那条小狗都跟着在一起。后来不知道为什么那条小狗不见了,老爸在床上躺了好几天,一句话不说,也不理人,就这样独自伤心着,怀念着他的伙伴。

刚到山沟沟里那会儿,住的是农民家的土蓬蓬房。小二层,木棒搭桩,席子作墙。一楼是牛棚,二楼就是他们的住处,三四十人就挤在那个小蓬蓬房里。地板是用竹子扎成,走在上面"咯吱咯吱"响。床是谷草编制,很窄,还一个紧挨着一个,分成两排的通铺,中间一条过道。男生和女生的房间就用几张席子隔开。而他们会在席子上挖一个洞,串来串去玩,最单纯的友谊。直至现在,他们已经成了一辈子的朋友。

那时的四川石油管理局实行半军事化管理。住处要求"五条线",席子、被子、毛巾、盆子、杯子都得排出一条整齐的线;每天上下班都是边唱歌边排队走路。抬连儿石、打炮眼、放炮、填圢打坊,干着最原始的人工修路,从威远的新场到荣县的双古、西干线公路。在搞改土造田那阵,几千人在田地里,有打快板的宣传队给大家喊劲,挑土的排成队来回飞起跑趟,真正的热火朝天。大冬天里,他们就算只穿一件衬衣也都会汗流浃背,而回到住处也只有冷水洗澡,有时,还会用手刨着带冰的土。而每顿食物,不过就是一勺饭和一小勺藤藤菜梗梗炒豆干,有时会去田野里挖折耳根,拌着5分钱的豆瓣就算是美食。每天晚上,还会在煤油灯下学习毛主席语录,学习雷锋、王杰、欧阳海、刘英俊、麦贤德的英雄故事、学习"三老四严"的大庆精神。

那时,每个人都纯真、善良,没有任何杂念,心怀壮志雄心,心里就想着为祖国做贡献。所有的苦都不算什么,心里都学着英雄,想着如何帮助别人。

老爸在那里受到了很多同志的照顾。食堂的谢班长不知道什么原因,总会给老爸多舀一小勺饭菜,而老爸的感谢会是一个微笑;那帮一起去的朋友们为了不让老爸总是一个人待着,就强拉着老爸去街上,而老爸就静静地跟着他们,买根油条吃了就返回,享受着那时最好的工余生活。

几年后,那帮朋友陆续回到重庆。老爸说一千多人的大队,就他一个人留了下来。

后来,遇到了我妈。那是1977年,老爸在东兴站,我妈在三江女子站,老爸的站是轮流做饭,我妈有时到东兴站出差,老爸会给我妈多打一些菜。老爸被调离那个地方时,给我妈写了一封信,只有一句:如果你愿意,你就申请调过来。我妈就这样追了过去。一年后,他们结婚了,再一年后,就在纳溪站有了我这个"纳溪娃儿"。

听说老爸在纳溪站那会,自学了小提琴和二胡,拉得有模有样。后来,老爸又爱上了钓鱼,只要不上班,保准是在河边,一坐就是几个小时。听说,我在我妈肚子里就开始吃鱼,我在六七岁的时候就和我妈比赛,看谁吃的鱼骨头完整,我爸就在旁边看着,他从不吃鱼；听说，一有钓多了的鱼，我妈和老爸就会拿去送人……

我的老爸，在这里工作了一辈子，老老实实干着工作，不争不闹，过在他的世外桃源里，也因此有了"神仙"的绰号。

有两样东西一直被老爸珍藏着，一个是两枚24K镀金的纪念币，那是30年老石油的纪念。另外一个，就是当年的那帮老石油朋友们，他们这辈子最纯真的友谊。

（杨庆宁）

恋"红"

2012年6月,我匆匆收拾完行囊,坐上了北上的汽车,在这里,远山、丘陵、梯田与黄色管线和谐相处。在这里,我恋上了一个名字叫"红"。

"红"很忙碌。6月15日21时29分,成都输气作业区德中输气站,当10余米高的天然气火焰从红色的放空管喷涌而出、划破寂静夜空,当在场身着红色工装的工人发出"终于点燃啦!"的欢呼,当新闻工作人员纷纷拿出照相机记录放空场景时,我悄然走进设在该站的工程指挥部,借着明亮的灯光,看见指挥组组长钱浩一边抬起右手揉着那双充满血丝的眼睛,一边叮嘱值守人员记录:"放空管进水,无法电子点火,采用魔术弹引点成功。"

"红"很执着。6月16日凌晨1时07分,忙碌了一天的人们或许早已进入了梦乡。郭欣,这个20出头的小伙子,成都输气作业区管线维护工,已经连续3天在三水阀室坚守。家庭条件优越的他,现场丝毫没有给人娇气的感觉,展现在我面前的是一张清瘦、倦意的脸,以及工鞋四周布满了厚厚的黏泥。由于周边地理环境受限,郭欣每天只有啃面包、干方便面充饥。"回家洗个热水澡,睡个囫囵觉。"成为他工程结束后的第一大心愿。

"红"很坚毅。6月27日9时20分,南部县仪陇输气作业区,一条新建的管线在这里延伸。连日的暴雨致使山间小路泥泞不堪,巡线之路异常艰难。退伍军人出身的年轻小伙王飞与另一位同事为新管线顺利投运,坚持每天走在巡线路上,协调处理管道建设后续事宜,向沿线群众宣传《管道保护法》。增进与沿线群众的沟通交流,成了他俩目前的主要工作。每天翻越数十座大山,克服蚊虫叮咬的疼痛,冒着摔倒划伤的危险,忍受饥饿啃着方便面、面包,将青春的汗水尽情挥洒在大山中。"既然选择了这份工作,那就必须承担起这份责任!"他们的回答很坚定。

"红"告诉我,大千世界的色彩是相互交融的,任何一种色彩都是美丽的。只要你用心去倾听、感受,在红色的世界里,除了激情外,还能品出坚毅与执着、温婉与柔情。

(邱 勇)

唱红歌

"《红旗飘飘》歌词平实,从小角度诠释了大主题,让人在演唱中备受鼓舞……"2013年5月31日,南充输气作业区组织海选红歌演唱者时,退伍转业军人翟颖、仲平和黄露同时道出了对红歌的理解。

海选红歌演唱者,是作业区为了参加6月下旬输气管理处举行的"爱党爱国爱石油"红歌赛。当日,来自机关和各输配气点站的员工们,一大早就来到活动现场,希望自己被海选进去。

唱红歌,说红歌,海选现场变成了"红歌讨论会"。

嘉陵配气站"60后"李玉梅,是一名音乐爱好者。她说,"纪念中国共产党建党90周年红歌赛推荐曲目"里的37首歌曲,她大部分都很熟悉,也会唱,比如《我的祖国》,充分表达了中华儿女的自豪感和对强大祖国的无比热爱,歌词很贴近生活,让人心灵深处的情感被完全释放出来。还有许多红色经典经久不衰,就是因为其歌词不花哨、很朴素,朗朗上口,让人回味无穷,充满了对美好生活的向往。

磨溪输气站"85后"陈琳,是一名入党积极分子,自己本已休假,但她听说海选一事后,也从遂宁急匆匆赶到现场。从小学习声乐的陈琳,对《我为祖国献石油》理解更深。她说,她是听着这首歌长大的,歌词极富感情,旋律也很优美,唱起这首歌,就能想象一代代石油人"在猪圈、牛棚上铺上木板就是家,在荒野地里铺上油毛毡就是床"的艰苦情景,从中感受到石油人昂扬的斗志、蓬勃的朝气,也汲取到催人奋进的力量。

"85后"何娟是作业区机关支部的一名预备党员。她说,红歌的美,在于格调高雅而不高调,风格通俗而不低俗,唱红歌就是重温红色历史、缅怀革命先辈的过程,能在青年中起到良好的教育、激励作用,使他们更加了解党的历史。比如脍炙人口的《四渡赤水出奇兵》,歌词亲切朴实,铿锵有力,让人记得住、唱得响,也易被"80后""90后"接受。

唱红歌,说红歌,道出了党员、员工群众对党、对祖国的无限忠诚和热爱。

(罗 琴)

盛开的格桑花

九龙县,是以藏族、汉族、彝族为主体的少数民族聚居县,藏语称"吉日宗",地处攀西平原与青藏高原的过渡地带,受地理环境、气候条件等因素影响,九龙县是全省45个深度贫困县之一,也是全国深度贫困地区之一。

从2012年1月起,中国石油西南油气田公司开始对口帮扶九龙县。

从成都出发到九龙县俄尔乡大铺子村,路越来越难走,蜿蜒险峻,道路狭窄,一面是峭壁一面是悬崖,海拔逐渐攀升。我们在中途歇息了一夜,第二天才到达九龙县。

大铺子村距离九龙县还有120多千米,湛蓝的天空、洁净的白云,远处的雪山、近处的格桑花,高原美景美不胜收。和美景形成反差的是这里的偏僻和贫穷:泥泞的土路,低矮的土房,简陋的学舍,孩子们排着队用冰冷的水洗漱……

同事小倪说:"比之前的'门前一堆粪、人畜共居'已经好太多了。随着扶贫政策一一落地,卫生、交通还有学校都得到了改善。"

2018年7月,小倪他们三人同行投身到了脱贫攻坚事业中,大铺子村第一次迎来扶贫帮扶的驻村干部。

卫生环境差、饮食不习惯、交通不便还常停电,有时一停就是好几天,一到晚上,伸手不见五指,只有风呜啦啦地吹。这是小倪刚到大铺子村的感受。

随着驻村时间的推移,他们从第一书记阿布那里明白:卫生意识差,缺乏勤劳致富的内动力,婚丧嫁娶上互相攀比、大操大办、铺张浪费。这些表面看似的小事,实际才是扶贫攻坚的"硬骨头"。

于是,他们投入到驻村工作的一件件"小事"中:

和村干部一起，走进老乡家为村民叠被子，从点滴开始培养村民的卫生习惯；和贫困户拉家常，宣传惠民惠农政策，鼓励引导他们搞养殖业；协助合作社办理动物产品检验合格证、食品流通许可证，积极推动规范完善合作社的集体经济运行管理；与村民一起发朋友圈、抖音，注册电商扶贫网页，让村里合作社养殖和种植的产品终于走出大山。

一件件"小事"，拉近了和村民间的感情。小倪他们不再是"外来人"：微笑着打招呼，热情的邀约。老乡们就是这样淳朴，你对他们越好，他们就对你越好。

三个离家扶贫的青年也已为人父，他们将对自己孩子的思念和爱倾注到了山里娃身上，让他们更多地感受到来自山外的爱：

为沙马拉培送去崭新的书包；为俄木克呷子送去助学金；编写幼儿园增配保教设施设备的方案、筹措资金，赶在"六一"节前为孩子送上大礼物，大铺子村幼儿园成为全县第一个拥有儿童娱乐设施、设备的幼儿园。

国庆前夕，小倪他们又为九龙县俄尔彝族乡中心小学的孩子们征集到一批书籍和文具。带洗澡功能的厕所则是为孩子准备的又一个惊喜。

随着国家对贫困山区进行的政策帮扶，现在俄尔乡的群众不再愁吃穿了，交通条件的改善、手机网络、宽带信息的畅通，越来越多的彝族群众向往美好生活，不等不靠、利用自己勤劳的双手来改变生活，朝着幸福奔跑。

抱着新书和新文具的孩子们难掩欢喜，住上了宽敞明亮楼房的俄木阿各、骑着摩托车到家门口的尼尔拉则、三个孩子都在读书的沙马村长、努力实现家乡梦的阿布书记、添置了新家具的尼卜尔珍、买了新汽车的维色克其……大铺子村村民们的生活正悄无声息地发生着变化，一张张笑脸如同遍山盛开的格桑花。

（王晓红）

初上楚攀线

初到楚雄,一切都显得那么新奇,小桥流水,亭台楼阁,处处充溢着中国彝乡少数民族的文化因子,工作之余,和几位同事一起漫步古镇,惬意而温馨。

然而,待久了,问题也就来了。饮食习惯问题、语言交流问题、离家太远恋家问题、强烈的紫外线、昼夜温差和干燥的空气引发的身体不适……

存在的系列问题引起了楚攀输气管道管理部领导班子的高度重视,一项项"新政"如同雨后春笋,从管理部的决策层发出:精心选择厨师,量身定做菜谱,开展交心谈心活动,搭建学习平台与活动阵地,周末、节假日组织工会活动,"楚攀一家人"就这样组建并成长起来了。

对此,我深有感触。春节收假后,我因痛风发作被困在房间内无法动弹,领导和同事们闻讯赶来,送饭送药送关爱……

像我一样,能够充分感受到楚攀这个"大家庭"温暖的人还很多。

"热火",是59岁的刘善能常挂在嘴边的一个词,他形容的是楚攀输气人之间的和谐的氛围。正是这个氛围,让其妻子改变了当初的看法,最终变成了丈夫支援楚攀建设和管理的坚定支持者。

春节前,借助参加输气管理处工作会的契机,我终于回到了小别3月有余的家乡,朋友们都对我说:"天天享受日光浴,你变得更黑了!"

"还是能够证明我没有偷懒吧?"我也笑着调侃。

的确,在楚攀不可能偷懒。楚攀实行扁平化管理,岗位设置本来就少,每一个岗位都会很多的工作量,也没有相互推诿的可能。

当轰轰烈烈的管道投运仪式落下帷幕,热火朝天的管道建设阶段逐渐远去,楚攀输气管道转入了一个新的历史阶段,如何尽快走上管理的正轨,成为又一个"课题",摆在16名楚攀人的面前。

于是,加班成为一种常态。为了工作,有很多人都主动放弃了休假,坚守在他乡;夜阑人静之时,总会看到有人依旧在办公室里辛勤劳作。

"眼镜哥"陈克训,便是其中一人。

从楚攀管道开建以来,他在云南楚雄已经生活了三个年头。

人事劳资、财务与内外协调,新的岗位需要新技能与之适应,57岁的他,一有空闲便戴上"眼镜"抱起了大部头业务书籍,一如当初学电脑背词根时的那股狠劲和韧劲。

工作即便很辛苦,其实也是很有趣的事。

管线维护工贾平曾经对我说过,管道沿线彝族老乡其实很好客,你对他好,他会对你更好,在收获的季节你几乎可以天天吃到"杀猪饭",这个场合也是开展管道保护宣传的绝好机会。

生活中,相互关爱,工作中,相互补位。快乐生活、快乐工作的情绪洋溢在每一位楚攀人的脸上。

与楚攀同行,开启一段学习与实践,责任与担当的人生之旅。若干年后,回首当初的抉择,我可以自豪地说,我没有辜负这段芳华!

(贾来明)

一枝一叶总关情

2019年是成都输气作业区定点帮扶平武县群众的第2年,带着作业区300余名员工的关爱和深情,3月27日,作业区帮扶小组再次奔赴精准帮扶平武县虎牙藏族自治乡……

这份情　是悉心呵护祖国未来的切切深情

走进虎牙藏族乡中心小学大门,大楼上的标语映入眼帘:迎着晨风想一想今天该怎么努力;踏着夕阳问一问今天有多少收获。靠近教室,有的班正在朗读课文,声音嘹亮,有的班正在书写作业,窸窸窣窣;教室外的墙壁上"我不流泪但要流汗"的励志话语触动了笔者的内心……

小组一行带来的是作业区员工自发捐赠的儿童书籍,有中外名著、有儿童百科、有古诗词读本等200余册。"这些孩子绝大多数都是留守儿童,感谢作业区捐赠的图书,希望这些书能让孩子们在晚上少一些对父母的思念……",校长嘎拉木说道。

王诗怡是该校三年级的学生,有双明亮的大眼睛,声音非常甜美,"现在和爷爷奶奶在一起生活,爸爸在北京当木匠,每年只能见到爸爸一次,不知道妈妈现在哪里生活,两年前去过成都姑姑家,感觉成都好美好漂亮……"小姑娘见到这些叔叔阿姨,羞涩中面露喜悦,忽闪忽闪的大眼睛,透露着纯真的美好。

这份情　是将扶贫进行到底的真挚之情

帮扶小组成员来到困难群众郑大爷家,远远地打了招呼后,郑大爷没有回应就急急地转身进了屋里,走近才发现大爷手里拿着几个空杯子迎着我们。

郑大爷老伴一看是作业区第一支部书记邹红来了,远远伸手握在一起,笑得合不拢嘴。邹书记这是第三次来到郑大爷家,看到大爷大娘气色比上次更加红润,家里的独立卫生间、厨房也都修好了,屋子也不漏风了,心里的担忧才放了下来。

路途中,第三支部书记周学建给大伙儿介绍帮扶对象张先国的情况,原本是祖孙三代生活在一起,现在爷爷因病去世了,这个家庭更让人担心一些。

张大爷家正在装修,几个亲戚也都在忙里忙外,当地驻村扶贫干部告诉小组成员:"张大爷去世,为帮助张大爷一家过上更好的生活,农计站的扶贫人员到家里辅导养蜂技巧,让这个家可以正常维持下去……"

在贫困户高世刚家,第二支部书记徐刚看到老太太背着一笼猪草,赶忙就去接过来,但是老太太谢绝了,笑着说这些都不重。徐刚看到高大哥眼睛治疗好了,就拉着他关心道:"眼睛治好了,要注意保养,平时也可以多帮妈干点活,不要让老母亲那么辛苦……"高大哥没说啥,只是点头憨笑着。老太太说:"儿子眼睛也好了,大家以后生活都要节节高……"几句话让大伙儿露出了笑容。

这份情 是平安输气供万家的奉献之情

平武县燃气公司(以下简称平武燃气)是1999年建成投运的,是县城唯一的燃气公司,没有工业用户,只有1.6万居民用户。在"5·12"地震期间,从江油中坝站到平武南坝站130多千米管道有70多千米损坏。平武燃气自筹资金新建65千米管道,不到两年就重新投运。

到了2018年,平武燃气又遇到"7·11"洪灾,整个公司都被淹没,公司员工沿着管线徒步6个多小时,在没过大腿的泥泞中一点一点排查管道损毁情况……

"唯有供好气,才能表达我们对平武百姓的情谊……"平武燃气总经理赵思顺是个身宽体健的山东汉子,但是说这句话的时候声音也难免嘶哑。

"我们要为平武燃气这样的公司做好服务,在供气上存在的问题第一时间解决……"作业区副经理郭建伟满含敬意。

一枝一叶总关情。不论是贫困还是疾病,不能阻挡输气人和平武困难群众的拳拳真情;不论是山川还是河流,不能断隔输气人和平武孩子们的切切深情;不论是高山还是洪流,更不能磨灭作业区为平武平安供气的心愿。

(张建平)

走在创新的大道上

2019年以来,工艺技术研究所党支部以科技攻关、提质增效为主线,将党员干部的先锋模范作用转化到措施优化、攻坚克难上,让党建工作与科研深度融合,探索出科技创新的新路子。

筑梦起航党员先行

"哇,今天收到国家知识产权局发明专利授权证书了!"工艺技术研究所工艺室里传来喜报。

2019年5月7日,《L型管道冲蚀率确定方法及装置》专利授权网上公布,这是输气管理处"十三五"首个发明专利,该专利是工艺技术研究所开展的《站场设备排污管优化分析》项目研究成果,历时四年,成果上升成为发明专利。

四年前,项目刚立项,作为党员和第二党小组长的徐婧源便扛起担子,制定科学有效的实施方案,上现场、下点站调研,先后对8座在役输气站场30台分离器和10台收球筒共40条排污管开展研究,总结形成了现有的研究成果,并形成知识产权。

"抢前赶早是我们取得成功的'法宝',我们能近距离提取有价值的创新点和关键技术,离不开大家的努力和对科研的热爱,这让我们有了动力,工作干起来更加顺畅、快捷。"徐婧源喜悦地说。

"十二五"期间申报专利21项,授权实用新型5项;"十三五"前三年申报专利32项,获得实用新型13项,发明专利1项;在实用新型授权不断增加的基础上,发明专利申报及授权得到了有效提升。

奏响成果发力"奋进曲"

"在研究过程遇到很多困难和技术难点，我们防腐室的每位技术员都能克服困难，逆势而上，我们有信心啃下这块'硬骨头'"，党员张文艳露出自豪的笑容。

张文艳口中的"硬骨头"，指的是"在役天然气管道安全运行的外腐蚀控制技术"研究。

针对川渝管网沿线环境复杂、建设时间跨度大、外腐蚀控制难度大、失效后果严重等特点，她在与腐蚀的较量中，找准技术攻关关键点，从源头控制、精准识别和快速修复三方面，研发了埋地天然气管道防腐层阴极剥离的监测评价及控制、在役屏蔽天然气管道防腐层缺陷识别及现场管道快速补伤补强修复等3项创新技术。

2018年8月以来，"城区动态直流干扰下埋地钢质管道干扰检测评价及防护技术"等2项技术分获西南油气田公司科技进步一、三等奖，"埋地钢质管道阴极保护极化电位的有效计算方法"获西南油气田公司QC成果二等奖，"天然气常规取样点的优化改造"等3项技术分别获得输气管理处QC成果一、二、三等奖。

"技术尖兵"建功主战场

凌晨2点多，工艺技术研究所一片静谧，有一间房子的灯却还亮着，在漆黑的夜晚，显得特别扎眼。

2019年是西南油气田公司决胜300亿的关键之年，作为公司地面管道建设规划的支撑单位。今年1至5月，以副所长别沁、工艺室刘颖等组成的党员先锋队，在分公司、输气管理处经常性开展集中办公，最长时间达1周。针对双鱼石、火山岩、致密气等新气田上产和高磨、川南页岩气产能发挥过程中临时下达的管网适应性分析工作，工艺室所在党小组积极做好思想动员，安排机动人员随时待命，高效完成了《2019—2020年川渝地区产运储销分析》。

"这是首次把压缩机采注工况纳入大管网平衡和适应性分析,是一项新的挑战。"刘颖说。

越是急难险重的任务,越是党员发挥作用的时刻。针对川渝骨干管网增加压缩机运行工况,工艺室攻坚克难,制定相应的技术调研计划,初步拟出《西南油气田分公司2019—2025年加快发展规划实施方案》《西南油气田分公司天然气上产700亿立方米发展规划》,发挥了重要前期规划作用。

(高梦溪)

见证"输气速度"

2019年8月17日，四川华油中蓝能源有限公司110万营销数据录入系统。消息传来，销售公司沸腾了，"中蓝工程"如期用气，这是近5年来输气管理处第一个日用气量超过100万立方米的项目落地，为2019年114亿销售目标又添了一份底气。

大项目迎来转机

6月，销售公司市场开发部杨经理，接到西南油气田公司市场开发部的电话，根据西南油气田公司与中国石化相关单位协调，通过互联互通方式，将巴中地区四川华油中蓝能源有限公司转为我方供气客户，要求尽快开展其市场调研。

放下电话，杨经理翻开两年前的市场调研报告，2016年开展巴中地区竞争市场调研时，同凯LNG项目采用了德国林德工艺包，设备先进、装置运行安全可靠。项目占地面积355亩，总体规划分三期建成年产120万吨LNG装置，日处理天然气550万立方米。此项目还担负着四川省能源调峰中心重任，约储存3.3亿立方米天然气。该项目一期已于2015年投产，由中国石化提供气源，日供气约110万立方米。今年，同凯能源改名四川华油中蓝能源有限责任公司。

杨经理对此项目印象深刻，当年我方巴中地区气源紧张。2018年，龙巴线投运，同时西南油气田公司正值决胜300亿的关键时期，我方供气能力充足，一切变得可能。

销售人眼前一亮

接到电话第二天，市场开发部立即行动，赶赴巴中现场调研，详细了解中蓝生产规模、用气现状和规划，连夜完成调研报告。

华油中蓝位于四川省平昌县驷马水乡，是西南地区规模最大、设备、工艺最先进的天然气全产业链的专业运营商。

近年来，由于国家经济形势大环境和川渝地区天然气市场趋于饱和等多种因素，用气大项目凤毛麟角。华油中蓝LNG项目日均用气量申请达150万立方米，让我们眼前一亮。为支持巴中社会经济发展，推进革命老区脱贫攻坚战略，将此项目作为近期营销工作的重点，成立专项工作领导小组，细化分工任务、明确时间节点、落实责任部门，以最快的速度拿下这块"大蛋糕"。

抢前抓早　说干就干

由于华油中蓝LNG项目用气性质是LNG，需由中国石油天然气集团公司天然气销售分公司审批指标。

市场开发部积极协调沟通，专人跟踪审批进展。客户管理部第一时间联系华油中蓝公司，对其开展合同条款解读。经营管理部气款管理人员为其说明"先款后气"制度，以及资金流转方式。市场营销部门提前谋划解决计量交接和共管等可能存在相关问题……

7月31日，华油中蓝LNG立户资料上载ERP系统，上午9:20进入审批流转，10:49天然气销售公司审批完成。

8月9日，中蓝公司天然气购销合同录入系统。8月12日，收到华油中蓝LNG项目指标批复。8月15日，收取预付款、营销系统添加，一切工作有条不紊地推进着。

8月16日，华油中蓝LNG按期投运，但销售人的脚步并没有停下。由于用气量大，气款多，500万元预付款只能用两三天，南充服务管理站每天给对方打电话催收预付款。

落实西南油气田公司"全产全销、淡季不限产"营销方针，为建成西南气大庆畅通后路，是销售人肩负的责任。

（李　洪）

爱要拼

每临大事需静气。合江输气作业区的罗佳,就是那种有"静气"的人。他的"静",是不浮躁的专注和沉静。在时间的流转中心怀静气,这是他内心的力量之源。

勤下苦功　筑牢基石

时间没有给他太多的彷徨和怀念的机会,2012 年,罗佳经过紧凑的入厂培训之后,分到了榕山输气站实习。面对站场上的各类设备,他一脸懵懂,但不服输的心态油然而生。

从此,榕山站的两位女站长就不得空闲了,总是被罗佳追问着设备维护保养的诀窍:为什么要保养丝杆?球阀球面清洗是什么原理?调压阀调压是怎么工作?分离器除尘是否真的跟教科书上写的一样……

通过站上的学习,罗佳对输气生产有了初步认识,也有了更浓厚的兴趣,之后他被抽到了技术办公室。跳出榕山站,放眼整个作业区,时任技术办主任的刘力升将一个重任摆在了罗佳面前:核对作业区的工艺设备档案信息。

刚拿到这份档案时,罗佳是迷茫的,就连里面的信息是些什么都不清楚,更谈不上去核对。但他想的并不是放弃,而是逐个击破,翻阅资料、查询百度都成了他的工具。首先解决设备信息的含义,一个球阀的规格 Q347 代表什么、编号 1101 属于什么区域……这能让他更快、更准地核对信息,最终独立完成作业区 13 个站场、25 个阀室(井)的所有设备参数和基础信息的校核,也为自身打下了坚实的技术基础。

善学技术　孜孜不倦

从跟着维修班李班长、张师傅拎着工具箱维修各种阀门、处理各类故障，到拆卸解剖了近20类阀门设备、掌握了各类设备的内部结构、工作原理，罗佳更深刻地认识到学习是无止境的。从工艺技术到人事劳资，再到项目管理，是成长，也是蜕变。

罗佳的2015年，是忙碌的一年。进入停气碰口阶段的江纳线工程，因碰口涉及站场多、施工工序复杂、碰口工作难度大、时间紧，罗佳只有白天到现场核对工作量和设备情况，晚上回到办公室对白天的工作进行梳理，以完善停气碰口方案。最终，罗佳熬了几个通宵完成了方案的编制，却因为一场阑尾手术错过汇报，成为一个未完成的遗憾。虽说如此，"方案小达人"的赞誉在单位不胫而走。

2015年至2016年间，作业区承担了4条管线的智能检测任务，每条管线智能检测的清管频次均不下于20次。罗佳独立承担两佛线、两佛复线智能检测工作，组织发、收球，气量调配，前后历时3个月，顺利完成两条线的前期清管及智能检测工作，共计清管约36次，几何检测2次，漏磁检测3次，更是两个月未曾回家，从此，他又多了一个"清管小王子"的称号。

坚持自我　不忘初心

2016年，罗佳完成了由专业技术到安全管理的转型。结合自身近4年的站场、项目管理经验，他聚焦安全重点、难点、热点工作，以技术为基础，不断提升安全管理水平，总结创新锁具管理牌、危化品周知卡、作业许可"68法则"等多项安全管理手段，有效保障作业区的安全生产。

作为一名在基层一步步成长起来的年轻干部，不论身在哪个岗位，他都能严格要求自己，始终保持积极乐观的工作态度："年轻就应不断拼搏，青春就应熠熠闪光。"

2017年,在长宁页岩气集输干线工程的现场,已经是QHSE办公室主任的罗佳正在指挥处理关键阀门的开关。看着我们的相机正对着他,腼腆的罗佳别过头去,让我把镜头对准站上辛苦的输气工们:"多拍拍他们,他们才是主角。"面对种种赞誉,罗佳并没有飘飘然,他一直坚定地前行着。

(郑剑雄)

旗帜的力量

"一块党员示范岗的铭牌就是一面鲜红的旗帜，我们不仅要发挥模范党员的先锋带头作用，我们还要在每个党员心中树立一面红色旗帜。"工艺技术研究所党支部书记告诉笔者。

在"两学一做"学习教育中，工艺技术研究所强化责任意识，引导基层党支部和广大党员主动亮身份、作承诺，立足岗位树标杆、做贡献、创先锋，创建党员模范岗，树立红色旗帜，形成"两学一做"学习教育长效机制。

责任 让教育"硬起来"

"规定动作，学习《党章》《准则》等党纪党规和习近平总书记系列讲话；重点工作，分层级开展专题研讨；自选动作，联动开展'英雄漫画学党章，身边英模做榜样'主题活动……"翻开所党支部"两学一做"学习教育推进方案，规定动作、重点工作、自选动作清晰明了，责任人、完成时限一目了然。

以"两学一做"学习教育为契机，工艺技术研究所班子成员率先学习研讨讲党课、问诊把脉破难题。对此，支部书记杨建明认为：推进"两学一做"强化责任意识是关键，就是要让党员明确目标和方向，针对实际解决问题。

各党小组根据各自负责的工作，做出切合实际的科研、生产和帮带承诺，定期召开党员大会，根据党员各个方面的综合表现，"晒出"阶段工作的"成绩单"，让党员接受并明确下个阶段的学习奋斗目标，通过阶段性引领普通党员向身边优秀党员看齐、向优秀党员学习，在有效提高党员执行意识和实干精神的同时，促进党员整体素质的转变。

融入　让学习"嗨起来"

"今天的内容学习完了,来晒一下""这是我今天抄的党章"……党员们分享着各自的学习进度、心得体会。以党小组为单位,围绕《中国共产党章程》《习近平总书记系列重要讲话读本》等重要内容开展自学,党小组长以支部书记党课讲稿为基础,结合各党小组工作实际,为党员上"两学一做"微党课,达到自我提升和教育目的,实现"党支部全盘抓,党小组长重点抓"。

积极组织开展专题党课活动,通过通俗易懂、生动活泼的例子,引导如何做合格党员,如何开展基层党组织工作,真正做到把党的思想政治建设抓在日常、严在经常,进一步树立党员干部的良好形象,发挥党员先锋模范作用。同时,开展党员分头学,采取支部书记上党课、组织宣讲、现场答疑、交流谈心等方式,重温党的"红色气质",做到学习教育无死角全覆盖,使学习质量得到有效保证。

实效　让党员"亮起来"

亮身份做榜样,竖旗帜担责任。工艺技术研究所里的党员在工作中亮身份、做表率、争排头,在"急、难、险"任务中冲锋在前。以"我是党员我承诺""党员安全监督岗"等活动为载体,细化活动方案,制订新举措、探索新渠道,活动层层推进,落实到岗位上、体现到队伍管理中,使党员主题实践活动蓬勃开展,亮点精彩纷呈。

把"两学一做"学习教育与弘扬大庆精神,重塑良好形象相结合,加强所内先进科技工作者、模范共产党员等典型人物宣传,营造榜样就在身边,人人争做先进的良好氛围;制作"工艺技术研究所党员风采走廊"展板,纳入党支部荣誉,党员工作、生活照配以人生格言,将支部形象展示出来,把党员风采呈现出来,主动接受群众监督,争做合格共产党员。

(高梦溪　张圣兵)

唯愿不负这一身红衣

"小何,回去收拾下东西,待会跟我走一趟,去为北内环清管解卡做准备,"张经理的话让我一时间还没缓过神来,"大概要出去一个多星期哦,好好准备一下。"

我愣了一下,出去一个多星期?虽然对还没有什么经验的我来说,突然接到这样长时间的出差任务让我感到有些紧张和压力,不过现在已经来不及让我多想。那么出差时到底应该带些什么?在我一头雾水的时候,眼前的一抹红色提醒了我:一身工装,是执行工作任务的标志;一台相机,用来捕捉重要的瞬间;一副纸笔,去记录过程中的点滴。收拾好这些,又匆匆赶回家抓起一套便装和一些必需品。当我汗流浃背地回到作业区之后,一次全新的旅程便拉开了序幕。

早就听说北内环是众多输气干线中至关重要的一条线路,因为磨溪龙王庙气田的天然气正是输进这条管线,使北内环对整个油气田公司都具有重要的战略意义。从它建成之初,输气管理处就在这条管线上花费了大量的人力物力,每一次对北内环的大修,作业区都是全员出动,把所有的精力都投入到这条管线上来,于是这次的清管工程的重要性不言而喻。能亲身参与到这样一个大工程中,也使我倍感荣幸。

清管开始的第一天,我所见到的是领导和技术人员一同守在站场指挥部,监督清管过程。指挥部里,有的人不断对着挂在墙上的流程图和示意图、桌上的方案商议着;有的人紧盯着电脑屏幕上密密麻麻的数据;有的人守在电话前准备随时下达调整阀门的指令。各个阀室频繁地向指挥部报告着上下游压力,指挥部内的每个人都绷紧了神经,空气中弥漫着紧张。甚至到晚上,技术人员都必须守在指挥部,严格监控每个细节。这样的场景好像又回到了以前那个忙碌着、奋斗着的年代,有一种精神在一直传承着。

当我来到了解卡环管的施工现场,看到的是红色的工衣在空旷的山间格外显眼,像盛开的花朵、跳动的火焰,点缀着一片片田地和树林。恰逢白露时节,天气转冷,阴雨绵绵,田间泥泞不堪。我发现那些印象中总是正襟危坐在办公室的人,突然都像换了个画风,披着雨衣、穿上雨靴,从早到晚一刻不放松地坚守在现场,艰难地穿行在这片泥泞之中,疲惫而又斗志昂扬。

也许这就是想象与现实的差别,在多少人眼中,中国石油这四个字似乎天生就与体面的工作画上了等号,然而他们却没有看到这是经历了几代多少人无私的奉献,才为现在的人们创造出了今天的成果。穿上这一身的工衣,无异于代表选择了继承一份艰苦朴素的传统,担负起一份独一无二的责任。

跃动在山野田间的红,是实地踏勘、昼夜坚守施工现场的技术人员们;穿梭在站场、阀室之间的红,是放弃了轮休,夜以继日工作的输配气工人们;飞驰在道路上的红,是那些不停地来回奔波,为整个工程保驾护航的行车班司机师傅们;还有无数的红,是属于坚守在各自岗位上默默付出的管护工、维修班和所有的参战人员们。这是对自己工作无条件的负责和担当,融进这鲜红的工衣,血液般流淌在每一个为这个行业奋斗的人的身上。

既然挑起这副重担,便注定将扛它到底。唯愿在今后的道路上,能不辜负这一身的红衣。

(何　鹏)

党员的力量

相国寺储气库配套管道工程的建设,目前已经进入关键阶段,全体党员以饱满的热情、昂扬的斗志,充分发挥党组织的政治核心作用、党支部的战斗堡垒作用、党员的先锋模范作用。

在冷却设备装置区外,党员邓磊一边指挥吊车的方向,一边向装载砖头的工人强调:"不要装太满了,吊车篓在空中会受到风速的影响,砖头随时有掉落的风险,掉下来打到人,怎么办?"工人不好意思地摸摸头表示凭自己的经验不会掉落,邓磊坚决地回绝道:"这是第一次,如果再让我发现第二次,就不是我嘴上说一说这么简单了。"9月上旬就"扎根"在施工现场的邓磊,主要负责监督安全员的工作,面对施工人员多、施工单位多、施工作业多的特点,安全员提醒多了之后,往往会处于比较麻木的状态,很多安全隐患有可能自己都没意识到。而邓磊这双"火眼金睛"里,容不得半点沙子:"让安全员履责,比提醒民工更有意义。"说完,他便急匆匆地赶到另一个施工点去了,这种高频率的转场速度,就是党员的速度。

2019年10月9日到现场支援的张伟是一名老党员了,他主要负责升压和倒换流程。10月10日,铜梁压气站首次清管通球,需要张伟独自扛着一个8千克的灭火器从站场到放空区,为点火放空做准备。站场到放空区直线距离只有200多米,但到放空区只有一个V形冲沟,只能靠自己摸索着往上爬,正要到放空区的时候,脚下一滑,摔倒在地。爬起来后,他拍了拍腿上的泥土,继续向前行,当他把灭火器放下的时候,回头的一瞬间,他觉得很有成就感和自豪感,看着压气站庞大的规模,他觉得所有的付出都是值得的,作为一名党员,更要给年轻人做好榜样,这是党员的魄力。

同样负责流程操作和确认的老党员卿勇,8月27日便来到了铜梁压气站,面对复杂的流程和频繁的操作,"好的、已确认、已关闭、已打开、已点火"已经成为卿勇的口头禅。铜梁压气站首次通球这天,完成操作后,都已经下午3点多了,再回头看看送来的盒饭,被"遗忘"得已经没有"热情"了。卿勇率先坐在地上,打开盒饭盖子:"嗯,这盒饭,真香,回锅肉的味道简直太巴适了,"跟他一起动操作倒流程的兄弟们也纷纷坐下打开盒饭,不知道是不是受了卿勇的影响,大家都觉得冷掉的盒饭,此时此刻还真的很好吃,大家都不顾形象的大口大口的吞咽,这就是党员的奉献。

"博总,你起来嘛,站在这里其实也能听到声音。"跟李博一起守2号点的余浪说道,"这会雨下得这么大,地上又湿又滑,全是泥浆,脏倒没关系,关键是一会起来你要冷。"李博站起来,拍了拍身上的泥巴道:"站着听和趴下听是两回事,以前就出现过清管器都过了半小时,听球人都还没反应过来这种情况,严重影响进度,为了确保准确性,必须要仔细确认清管器通过的时间。"10月7号来到现场配合的党员李博负责守阀室,清管通球和升压。每天6点起床,车送到路边,8点半之前走乡村道路去听球点,经常守到晚上10点才返回。每天如此反复的工作,见证了党员的责任心,这就是党员的形象。

奋斗在相国寺储气库配套管道工程的建设施工现场的党员还有很多很多,我相信他们也是这样,有条件要上,没有条件创造条件也要上,这就是党员的力量。

(黄　然)

利剑出鞘

2017年的输气管理处，年外销天然气历史上首次迈进百亿级门槛，成为西南地区唯一年销量破百亿立方米的天然气运营企业。

科技、信息化、抢险三把利剑披荆斩棘，打造发展"通途"，解决了一个个制约输气生产发展的技术难题和瓶颈，成为输气管理处"平安输气"品牌建设三大支撑平台。

创新的脚步从未停止

回顾2017，输气管理处大力实施创新驱动战略，加快重点关键技术攻关，既把原有的优势技术做到极致，保持领先，又与输气生产现场紧密结合。全年开展科技攻关项目20项，申报专利42件，获得实用新型专利授权4件，发明专利受理号17件，申报计算机软件著作权7件。

输气管理处首次承担的ISO国际标准"用紫外荧光法测定总硫含量"正式发布。输气管理处副总师、工艺技术研究所所长罗敏说："我为输气处科研取得的成果得到肯定感到高兴，希望我们未来做出更多高质量成果，承担起支撑生产的任务和使命。"

输气人越来越认识到，要让科技发挥出最大价值，一个有效途径就是实现技术有形化，出标准、出模式，把技术集成"打包"成产品，把技术优势转变成效益优势、发展优势。

"阴极保护评价技术""杂散电流测试系统"等技术成果的应用，实现了理论技术创新、生产应用实效、创新能力提升的目标，仅"国产电动驱动设备电路板"技术，就预计节约成本100万元。

信息化建设驶入快车道

企业发展，需要科技和信息化双轮驱动。输气管理处不仅仅要走快，更要走好。

信息化、数字化、智能化是大势所趋。输气管理处不断加快信息化建设步伐，逐步建成适合生产管理特点、提高管理效率的技术平台。

从年初开始，输气管理处立足"全覆盖、深摸查、强培训"，开展了信息化建设工作调研和自控系统调研工作，梳理掌握了全年信息化建设工程、重要任务和SCADA系统运行现状，完成了8个作业区48座站场远程控制功能测试，测试动作阀门661台，和管道管理科现场核实故障和修复，保障远控功能的正常使用，有效提高信息化对输气安全生产的支撑能力。

通过应用系统升级，实现了"中国石油"微信企业号与自建办公系统的数据安全接入，实现手机移动办公，节省了人力物力。

输气管理处"信息高速公路"以川渝地区两网整合项目为核心，开通处属7个作业区、相关站场和阀室的自建光通信系统，提高网络综合利用率。

信息技术与生产、管理业务的深度融合，各类信息平台的集成办公，多维度构建信息安全防控体系……

在今日的川渝大地，信息化逐步向数字化、智能化发展，正从"追赶者"向"并行者"乃至"领跑者"跨越。

抢险维修时刻准备着

4700余千米输气管道、361座输气站场、阀室（阀井）的安全生产，都离不开成都管道维修中心的技术支撑。

中心青年员工缺乏工作经验，专家、技师主动请缨担任老师，把多年积累的"绝活"传授他们。"师带徒""老带新"，岗位练兵、实战演练……内培外送、多元培训,壮大"一专多能"人才队伍。

对于抢险人来说,"急、难、险"始终伴随着他们。

8月酷暑,长乐输气站整改工程,复杂的施工环境考验着抢险人,当焊口检测一次合格,脱下防护服后,他们头发如同水洗,红工衣早已湿透。

问他们辛不辛苦,他们直言道:"干活说不累、不辛苦是假的,但这是我们的工作职责,只想尽力干好。"

中心圆满完成1次抢险,20项大修工程,28处管道消磁作业,数百台次阀门维修,节约资金近百万。

(邓国焱)

汛期来临前

在四川的暑热里，有群"红工衣"，徘徊在鸭子河畔，迎着热浪，与沙石为伍，以汗水静心，抢在汛期前保障成都、广汉、都江堰、彭州等川西地区平安输气。

坚　　守

"去年鸭子河的'凶猛'还记忆犹新。"维修班党员徐东，第一时间发现异常并进行快速处置。今年，他在连彭线金鱼阀室继续坚守14个小时，做好流程倒换工作。休息期间，徐东又加入抢险中心的设备维修小分队，一起赶到4个阀室，配合参与修理、更换阀门工作。与此同时，高坪、三界阀室的点站轮休员工唐建军、夏宣文、邹德平、维修班张福友与他们一道，时刻监控着阀室内气表压力，准时报告指挥部。

胡亮，输气管理处模范共产党员，多次为工程放弃轮休家庭团聚的机会。6月20日，他提前到达指挥部，与点站轮休员工一道，全力支持工程。第二党支部书记徐刚与维修班班长韩勇在清流阀室，与胡亮、王勇一起控制升温线放空置换、升压回复工作。6月22日，清晨5点起床，6点全部到位，晚10点半操作完毕后返回，16个小时无间断，保证流程倒换准备无误。

专　　业

流程倒换、施工过程需要专业精细，每个环节都要准确无误，稍有差池就意味着返工重来。22日凌晨3点，指挥部灯火通明，一条条指令从这里下达，一个个信息又及时在这里汇总。

"滴滴滴……"一阵阵急促的电话铃声划破寂静的夜。作业区副经理郭建伟接起电话干练地大声说道："指挥部，请讲！""妈……你好久回家？"从昨晚21点连彭线放空开始，她的通话记录又新增了37条，其中36条是有关升温线、连彭线碰口工作，这1条是儿子打过来的。想起微信上儿子三番五次的催促，郭建伟十分内疚。今天，高考成绩就要公布了，自己却没时间陪儿子选心仪的大学。最近几个月，作业区接连上了几个大工程，郭建伟的时间都泡在了工地上。在她身旁，协助流程倒换的是专家工作室集团公司专家陈蓉萍，牺牲周末参与工程实施、站场帮扶、青工培训，对她而言已是"家常便饭"。

技师谭立平轮休主动请缨，在指挥部配合技术干部高铭，通过视频实时监控各施工点进度，不间断全程历时20小时。

精　心

工程前期，为得到地方支持，作业区兵分两路，一路前往新都，与新都区经信局、应急管理局、公安分局治安科、清流镇、顺河村相关人员对清流阀室周边进行协调对接；另一路前往彭州市政府参加用户协调会，告知用户施工方案和具体停气时间，得到彭州市政府大力支持，施工放空期间，当地派出所、协警、民兵20余人，前往各放空点协助警戒和秩序维护。

处领导相继到施工点慰问鼓舞参战员工，高涨的士气争分夺秒推动工程实施，两个工程提前21.5小时安全顺利实施完成。第三党支部书记周学建和预备党员易可瑶长舒一口气，这几天奔波在现场与指挥部之间，安排住宿、协调人员就餐，准备分发慰问品，将一件件工作落实落细。"前线大家都很辛苦，慰问能鼓舞士气，后勤服务能让大家远离后顾之忧，也算为工程尽责。"支部书记周学建为圆满完成的工程点赞。

（肖博雅　易可瑶）

寒风中的抢险人

每年冬至过后,农历便开始了"数九",这也代表了一年之中寒冬的来临,而"三九四九,冻死老狗"这一句民间谚语,更是形容那最最寒冷的几天。

2016年1月16日,"三九"的第八天,成都管道抢险维修中心基层服务突击队员们来到了金山输气站,开始了为期5天的放空、排污系统安全隐患整改工作。

每日7点30分,走下施工车,凛冽的寒风吹在脸上犹如刀割一般,可马上要甩开胳膊干活的突击队员们却精神十足,摆开"阵势",开始一天的辛劳。

为确保安全隐患早一天消除,站场能够安全平稳输气生产,抢险中心制定有效措施,将工作量设立销项计划,建立"分包式"监督格局,明确岗位责任制,落实安全监督职责,做好现场监督防护,将风险降至最低,做到及时发现和整改影响安全生产的问题。

"天黑前再加把劲,争取今天能把大管子焊完。"带队的老党员周健一边用冻得通红的手抬开刚割下的阀门一边说道。

19点,在大多数人围坐在饭桌边,享受着阖家温馨的时刻,党员突击队员们却在按照分工,各自记录着今天的工作量,清点着工器具设备,摆放好后才能踏上回宾馆归途,待换身干净衣服再去出门吃点便饭。

没有白天黑夜的区分、没有天气好坏的区分,有的只是默默地坚守在岗位上,安全高效地完成着自己的工序,突击队员们,用自己的行动为天然气平稳冬供添足"底气",也为这寒冷冬日送上阵阵暖流。

(蒋 怡)

在指尖上"移动办公"

输气管理处信息站站长胡春华正在重庆出差,她接到微信消息通知,员工易宇向她提交了出差用车申请,她拿出手机登录微信中国石油企业号,不到1分钟时间,就审批通过了易宇的出差、用车申请。易宇要车后,立即赶到站场处理SCADA系统故障。

"以前出差、用车只能在内网电脑中进行申请审批,遇到出差在外就没办法了,现在手机登录微信平台就能轻松解决,省时又高效。"易宇说。

随着移动通信技术发展,移动办公成为员工迫切需求。输气管理处为让办公业务简单便捷,开展专项调研,在摸清现有移动办公系统优势和不足的基础上,形成Web前端+后台WebService业务接口的系统架构,利用"中国石油"微信企业号的专用通道,实现了企业号与自建办公系统的数据接入。

输气管理处"中国石油"微信企业号办公应用上线后,完成了40多个部门、基层单位的人员录入工作,授权达1080余人次,领导和员工能通过手机安全地接入,方便快捷地访问办公应用,及时获取信息并完成办公业务操作,有效解决了出差在外办公不便的问题,从而提高工作效率和管理效能。截至目前,该系统日均使用数达300余次。

谈到这套系统,软件应用室主任王汉果说:"2018年,我们会进一步把办公业务拓展到移动平台,全方位打造'指尖上的移动办公'。"

(李 力 邓国焱)

碎纸机复生记

"肖主任,碎纸机坏了,买一个新的哇?"2017年4月6日,成都管道抢险维修中心唯一的碎纸机在走过它"革命生涯"的第七个年头后开始罢工,技术办负责人田淑娴用尽了浑身解数去"唤醒",却无动于衷,故向领导汇报了此事。

"修不好?那只有我来试试了!"一听到有"技术攻关",立马吊起了肖农的兴趣,平时修个阀门一不小心就创造上百万经济价值的绝活,面对这小小的碎纸机岂能不拿下。

几分钟后,碎纸机被肖农"牵着"乖乖地来到了"手术台",一个装有扳手、钳子、改刀的"百宝箱"从抽屉里翻了出来。四周打量一番后,肖农开始了细致的维修。

卸螺丝、排线路,碎纸机瞬间被肖农"大卸八块","应该是传动轴被卡死,或者感应器故障",肖农从外到内、从上到下,一步步验证着自己的判断。

半个小时过去了,碎纸机被肖农拆了装、装了又拆,来来回回好几次。"来试试,传动轴上的纸屑我已经清理过一次了,感应器的位置也重新调整了一下,应该没得问题了!"肖农自信地告诉"吃瓜群众"。

"转起来了!"碎纸机通电后,接触到纸张奇迹般地"复活","主任,你这一动手,又节约好几百。"田淑娴迫不及待地把碎纸机往打印室搬,"等一下,还有几个螺丝没归位呢,不要看它不影响使用,以后用久了面板脱落,伤到人可不得了。"说完,肖农又俯下身,继续完成他的"大工程"。

(蒋 怡)

凌晨四点半的天空

你见过凌晨四点半的天空吗?

如果见过,那么你和一群红工衣一起见证过万州凌晨四点半的天空吗?

"青石板、板石青、青石板上钉银钉,一颗一颗亮晶晶。"

万州的山上,有星星,衬着红工衣,似一片别样的风景。

2018年6月14日凌晨四点半,指挥部大厅聚齐了将要出发去万州支线D377管道迁改停气连头暨恢复生产工程施工点的20多位红工衣,拿着早已准备好的牛奶饼干,在大厅内安静吃着简单的早餐,黑漆漆的夜色中有了些许色彩。

四点四十,大家秩序井然地上车出发。跟着他们去了P2、P3、P4三个连续的点。看着一辆辆飞快驶出的车辆,壮观的场景让我不禁有些忘却了早起的困倦。

清晨五点,在被汽车大灯照亮的现场空地上,工艺技术员王一飞拿着名单开始点名,颇有沙场点兵的风范,施工人员、监督人员、技术人员、检测人员各方皆排成一列。

看着浩浩荡荡的人群,恍惚间,仿佛我们将要"决战沙场"。

气体检测合格,监理确认了吊具、施工用具完好后,王一飞开始安全技术交底,他的声音在这个清晨里格外清晰明了,伴着夏夜特有的微风传达给了现场的每一个人。

各方签字确认,准备焊接。

然而,还没等我来得及看焊接过程,就跟随他们去到了P1点。

这时的天空已经泛起鱼肚白,车辆行驶在蜿蜒曲折的羊肠小道上,颠簸得有些厉害。

到达 P1 点时,天已大亮。刚好赶上开口,需要焊接的点正好在一个小小的斜坡上,这个位置很窄,大家都只能站在栈道旁。焊工工字步在管道下方焊除防腐层,待监督人员再次确认气体检测合格后开工。P1 点进程顺利得让人有些出乎意料,试火后焊工一刀割下去,刚好合适,不用修整,直接焊接得整整齐齐。可能是开门红讨了个好彩头,接下来的 P2、P3、P4 也都十分顺利,接下来的焊口检测和防腐埋地也非常顺利。

不知不觉,已是晚上七点。太阳快下山了,守点员工还在原地待命,站场上的员工们忙着升压……天渐渐暗下来,早已上桌的饭菜已经凉了,却没人在意,所有人都盼望着改线工程顺利完工。

夜晚八点,升压正常,改线结束。

劳累了一天的守点人员终于轻松下来撤离现场,监控了一天的点站员工也终于吃上了晚饭。

这个夏季,留给了我凌晨四点的天空,更留给了我与同事们一起忙碌而又美好的记忆。

(张书蓝)

难忘 130 天

"大家辛苦了,这 130 余天的酷暑坚守,无数个不眠夜没有白费,我们打赢了一场漂亮的'战斗'。"透蓝的天空悬着火球似的太阳,仁寿输气作业区主任工程师赵宗政在巡查完施工接近尾声的眉山市污水集水管网工程建设影响彭乐线监控点现场后,露出了久违的微笑。

眉山市污水集水管网工程属于四川省行政区域内的国家投资工程建设项目,影响仁寿输气作业区所辖 D406 彭乐线(太和站—思蒙站)段管线长达 1.7 千米,工程建设污水管道在管线范围内有多处交叉、并行的区域,存在重型机械碾压管道、动土危及管道以及导流渠开挖导致管道悬空等重大风险,是作业区近年来遇到的影响天然气管线范围最广、波及面最大、风险程度最高的影响管线安全第三方施工作业。

在 130 余天的施工监控周期内,仁寿输气作业区频频"亮剑",虽然在监控过程中经历了输气管理处用户金象赛瑞管线被铲伤致漏气的险情,但在作业区全体员工共同努力下,直至污水管道施工完毕,D406 彭乐线牢牢处于安全受控状态,整个监控过程的表现受到了油气田公司和输气处的一致好评。

地企联合　统筹安排部署到位

作业区借力地企联动机制,确保管线安全,提前将此重点隐患监控点相关事宜函告眉山市发改委、东坡区发改局等政府部门,及时取得政府部门的支持。组织政府部门、业主方、施工方、用户定期召开现场分析会,发挥应急联动机制、实际开展实应急演练,确保若发生险情,将损失降低到最低。如在眉山市东坡区洞子口和农林村附近区域因为敷设污水管道而修建的导流渠修建完成后，可能造成彭乐线输气管道悬空，使管道发生变形损坏的风险，作业区立即组织业主、设计、施工等多方会商，确定保护方案并向地方部门积极汇报，有计划性地展开对接工作，将存在风险的相关信息以书文函件的形式提前告知对方业主以及地方政府主管部门，提前做好风险告知、统筹安排工作。

同时做好周边居民宣传工作，将风险及应急措施告知管道周边居民，保障群众安全。

专人负责　施工实时监控到位

针对污水管网建设影响管线"线长、面广"的特点，作业区抽调相邻管线的巡线工作人员对此影响区域加强监控（每日至少保证2名作业区监控人员在现场），另对影响管段聘3名信息员进行实时监控，每日编制监控日报的监控信息，将当日监控情况在作业区进行整体流转。另外专门落实专用车辆，以确保周末、节假日期间监控力量能够得到有力保障；同时对监控点的把控采取了"三级跳"管理模式：第一级为作业区防腐班及现场监护人员对施工现场巡检，以及与施工单位的对接和交涉；第二级为将现场情况及时反馈给技术干部作为信息传递及技术指导；第三级为主要领导和分管领导进行整体把控。层层传递反馈，对监控点存在的问题和处理结果跟踪落实到位，严防死守，确保管道24小时安全受控。

技术支撑　管道隐患防控到位

作业区坚持"以科学为依据，以技术为支撑"的监控思路，在污水集水管网工程建设前期积极介入，及时向业主、设计及施工单位提出输气管道保护要点和作业区监控思路，多次召开沟通对接会，并协助施工单位优化施工方案，根据技术层面和方案可行性同对方积极沟通，确保施工正常进行且无危害输气管道安全现象产生。如针对导流渠存在对管线冲刷、导致管道失稳的风险,以技术作为支持展开合理对接,向对方提出临时换管、顶管施工以及变更导流渠等多种方案,最终使对方将方案中导流渠位置调整至管线安全距离,将隐患消除在萌芽状态。

随着雨季到来,针对施工作业可能造成地质条件不稳定,从而引起如泥土流导致引发滑坡、崩塌、水毁的地质灾害发生影响管道安全的情况,作业区特邀请地矿眉山勘探院作为技术支撑,协助作业区对地质灾害进行风险分析,并制定对应风险把控措施。

"通过协助施工方优化方案、聘请第三方机构评估风险的方式,进一步降低了施工作业对管道造成的影响,确保管道安全运行。"主任工程师如是说道。

科技运用　管道安全预警到位

"科技改变生活。"作业区将这句话充分运用在监控过程当中。

"无人机巡线技术的运用,是这次监控最大的收获。"所有参与监控的人员谈到无人机,都会由衷地为它"点赞"。

利用无人机巡线,对施工点整体情况获取直观影像资料,从而辅助识别现场风险,快速制定合理的风险控制措施,降低施工风险,提高施工效率;另一方面用于对现场已实施的风险控制措施效果进行确认,通过周期性拍摄,利用同一地点不同时间段的连续影像资料,直观判断风险控制效果。

同时,"谷歌地图"在监控过程中也大放异彩。通过谷歌地图上管线的标识和污水管道标识比对做分析,能够提前找出两者相交的地方,更加直观全面的分析可能存在风险,将安全工作做到前面。

高科技手段的运用,让管道风险"无处可逃",有效助力管道安全运行。

（郭梦宇　吕世平）

磨铜线上的"最美逆行"

2019年10月20日8时,重庆市铜梁区太平镇。

乌云散尽阳光融融。西南油气田铜梁压气站内,压缩机组发出隆隆轰鸣声,川气外输又一通道——磨溪—铜梁管道上载工程正式投运。

在中华人民共和国成立七十周年之际,川气外输能力迈进新时代。龙王庙组气藏以日输量500万立方米的规模,首次上载中贵线,融入国家管网,造福国内市场与民众。

几代川油人历经六十一载不懈奋斗,如今如愿以偿。

镶嵌一颗明珠

设计库容量42.6亿立方米的相国寺储气库,自2013年6月投运至今,7次累计注气超92亿立方米,除初期通过相旱线注入5000多万立方米川气"垫底"外,其余气源均来自中贵线下载。

储气库管理处生产技术科科长杨颖说,以前,川渝自产气都不够,哪里有多余的气"存"起来呢?

唯一不变的是变。国内目前最大的碳酸盐岩气田——安岳气田的横空出世改变了一切。

2011年和2012年,川西钻探70504队,在相距50千米的高石1井和磨溪8井先后完钻。这支曾打出国内第一口超深井的英雄队伍,35年后再续传奇。测试时,震旦系灯影组气藏、寒武系龙王庙组气藏的奥秘,随着直冲云霄的火焰,清晰呈现于世人眼前。

时任队长王旭阳难得地笑了。钻工廖棋惊喜地用手机拍下火焰照。

细微的心弦中,比火焰更炽热的,是全队数十载风餐露宿获得丰厚回报的欢愉，以及对未来最美好的祝福与期待。

2019年8月，成都召开的第四届天然气论坛传来令人振奋的消息：安岳气田的崛起，降低国家天然气对外依存度5%，全国每产14立方米气，安岳气田贡献1立方米。

川渝地区天然气资源不断增加，区域市场跟着发生逆转，过去的"吃不饱"变成现在的"吃不完"。

如何在充分满足市场的前提下消化富余气，保障油气田上产300亿？磨溪—铜梁管道上载工程建设迫在眉睫。

这是一次全新的布局，川气融入全国管网，服务国内市场又多了一条大道。

这项投资6.5亿多元的工程，新建磨（溪）铜（梁）输气干线、新建铜梁压气站、扩建磨溪输气站和改建铜梁输气站。

重庆输气作业区的李俊，每天操控无人机掠过工地，记录施工进度。鸟瞰中，工程犹如一颗明珠，镶嵌在安岳气田边、川渝大地上。

工程时时牵动着时任西南油气田公司党委书记、总经理马新华的心。

2019年8月20日，工地超过37摄氏度。在压缩机厂房里，马新华久久伫立。他一遍遍叮嘱：参战队伍没有离心式压缩机安装调试经验，要多想办法，聘请专家指导，做到心里有底，当个明白人。

在简陋的板房会议室，马新华语重心长地说："高磨二期投产后，川渝富余气将更多，提前打通外输通道，富余气就能够上载中贵线，务必如期投运。"

嘱托在耳，行动有声。在紧锣密鼓的61天倒计时状态中，参战人员战酷暑，斗雨季，白天黑夜一个样，锁定目标不放松。

2019年9月28日，铜梁压气站与西南管道铜梁输气站完成碰口；10月12日和13日，铜梁压气站先后具备向铜水线、铜相线输气能力；10月18日，三台压缩机相继完成24小时机械测试、防喘振及近似性能测试，达到投运条件。

自此，铜梁压气站有了两个选项——上载中贵线或注入储气库，两个方向的设计年输量均达50亿立方米。

时间追溯到2012年7月15日，仪陇输气作业区首次从中贵线下载143万立方米气，缓解川渝供气不足的矛盾。7年时空穿梭，川气逆向上载，正是创造时代奇迹的生动写照。

欢快的轰鸣声里，下与上的历史性反转，源于川油人矢志不渝的坚持与创新，饱含着纵横交错的川渝管网喷涌而出的博大情怀。

磨溪站的新格局

2019年10月10日，磨铜线天然气置换氮气和清管同步进行。10时许，磨溪输气站缓缓发球，7个小时后，铜梁压气站圆满收球。

这不是一次普通的置换，而是改造后的磨溪站首次实现四向调压控制分输。"双同步"宣告磨溪站迈进新时代。

9月16日，磨溪站适应性改造连头工程启动，一场"打通川渝富气外输通道"的战役打响了。

新增联络管道、新建五路调压八路计量装置、新增去铜梁方向收发球筒装置，全站采用超声波流量计，实现远程诊断。昔日老站瞬间绽放新芽。

电气专家张义兵拥有多项发明，他把每次入场检维修都作为一次履新。

超声波流量计采用新的传输模式，延迟现象导致电动调节阀略滞后。张义兵凭借丰富的经验，调整响应时间和死区范围，破解了生产难题。

施工还在进行，磨溪站站长吴鸿已在思考未来的规划。在他眼里，锻造复合型人才，提高员工综合素质，是磨溪站未来成为示范标杆站场的必由之路。

9月22日,龙王庙气藏首次通过磨溪站新流程,再次实现"照单全收"。

10月10日,磨溪站在输往玉成、肖溪、磨深1井的基础上,又输往铜梁压气站,实现四个方向控制分输,成为川渝最美、输量最大的枢纽站。

攻坚迎变局

磨铜线虽然仅65千米长,不过,这位上载中贵线的"新客人"脾气颇大。沿着川渝陡峭的山势,21次穿越大小河流和沟渠,125次穿越各种公路,协调和施工难度可想而知。

穿越遂渝高速潼南区田家镇段,施工人员采用水磨钻,在距地面13.8米的作业点艰难钻进,65天完成74米穿越。

位于铜梁区少云镇的琼江河定向钻穿越,6次扩孔后孔径达1150毫米,建设者仅用122天,一次拖管穿越712米。

攻坚克难,连续作战,捷报频传。10月12日,设计年输量达56亿立方米的磨铜线达到投运条件,一举成为"川气自用、富气外送、内外互供、战略储备"的标志线。

早春二月,放眼太平镇,铜梁压气站还是一片山地,两处山头中间是一条低洼地带,尽头是一处水塘。山坡上下机声隆隆,为赶在三月底完成平场,施工队过完元宵节就复工了。

2019年10月20日投运,成为每一个建设者的目标。酷暑季节,他们忘记工衣结了一层又一层的盐霜;雨季时分,他们踏着泥泞不言退缩……

联合项目部每天采集安装、质量、检测、安全等数据,运用大数据分析,及时优化和纠偏,保障工程优质高效。

5月20日,西南油气田首批大功率离心式压缩机组进场后,施工人员随即展开吊装和配管。

"电驱离心式压缩机由压缩机、齿轮箱和电机组成",安装负责人伍勇说,控制柜、压缩机房里,密密麻麻的电缆长度超过了130千米,最难的是,这三台设备的轴心,必须处于同一中心线,误差不能超过0.05毫米。

安装人员用激光对中仪"瞄准",三台设备毫厘不差。不料,工艺管道与压缩机连接后,在施工应力影响下出现了偏差。安装人员睁大火眼金睛再次"瞄准",一丝一毫归位。

输气管理处开办了压缩机、干气密封、润滑油、电机、变频器、变电站等6大项目学习班,选派300余人次到厂家和兄弟单位进行培训和驻站交流。

8月20日,重庆输气作业区的冉斯开始编制投运方案时,时间就不属于她了。每天能多睡1个小时是一件很奢侈的事。

中秋节里,冉斯虽说回家了,却不是忠县父母的家,而是重庆自己的"窝"。她要利用假期好好完善方案。

9月20日,她从公司审完方案,在返程的火车上拿出手机。那个一直没有时间拨打的电话,随着飞驰的列车,更加飞速地奔向忠县。两地一线牵,没有多余的话,母亲淡淡地、颤颤地说:我们都很好,晓得你忙,好好工作,好好照顾自己。

冉斯有些忍不住,晶莹的泪花从眼角瞬间溢出……

(范照明)

第二辑 展开时光的卷轴

时光的画卷五色斑斓
创新的时代里
未来扑面而来
做有意义事
一直坚持做下去
时间的馈赠终将到来

辣妹子

立秋了，正是辣椒收获的季节，红色的朝天椒，是制作自贡盐帮菜的必备食材。2017年8月31日，兴隆站站长王晋锐在离站3千米的永安镇买回兔子、鱼……准备为大家制作辣味十足的盐帮大餐。自从6月下旬参加输气管理处优秀班组长选拔赛，王晋锐近两个多月没在站上了，今天要好好和站员们聚一聚。

王晋锐是地道的自贡幺妹儿。爱吃辣椒，会做盐帮菜，有一手好厨艺，更有像辣椒一样火辣热情的性格。对于王晋锐的回归，代理站长张玉洁和站员易晓强不断重复着："你终于回来了，厉害了，我的站长。"简单的话语却满怀对小伙伴的各种思念和祝贺。

2017年参加输气管理处第三届优秀班组长选拔赛，王晋锐作为初级工、年龄最小的女站长，在比赛中取得了笔试操作综合第9名的好成绩，并被推荐参加西南油气田十佳百优班组长选拔赛。

王晋锐当过通信兵，部队脑耳口手的强化训练，练就了她超强大脑。一万个电话号码可以正反顺序准确记忆，一边听电话一边能同步准确快速打字记录，接到电话5个字以内就能从一百人中辨别对方是谁及方言类型。在部队通信技术大比武中获得军区第五名、团级第一名好成绩，为此立下三等功。

回到单位，王晋锐退伍不褪色，把军人作风带到工作中。做事雷厉风行，事事高标准严要求精益求精。

2014年夏天气候炎热，怀孕三个月的她，在邓关站不顾酷暑和同事们一起保养设备整理资料，只为邓关站能在基础管理检查中获得金牌。站长陈云英劝她休息，她却说："陈姐你平时很照顾我了，现在已经三个月了，多运动宝宝才健康，我当过兵身体素质好，陈姐不用担心。"

2015年产假后,王晋锐被任命为兴隆站站长。她把自贡幺妹儿的泼辣干练劲儿使在了站场管理上,在最短时间内熟悉站场情况和工作业务,琢磨管理措施。起初站上设备保养不是很到位,她把设备保养分成三大块,自己先将难度最大、活动部件最多的计量区域划归到自己名下。剩下两块难度小、设备少的区域,员工张玉洁和易晓强二一添作五分担了。张玉洁虽然分到较轻松的区域,但怎么也轻松不起来,她不由多看了站长一眼。她明白,活动部件很容易生锈,选择这一区域,意味着要比别人多付出数倍的心血,这个站长年龄比自己还小1岁,还这么有冲劲,这么舍得吃苦。

站上不大但事还不少,泸威线停气连头工程、油脂厂投运前适应性改造工程、清管……张玉洁、易晓强在王晋锐的带领下,坚守、配合,圆满完成了各项任务。

辣妹子,能吃苦。为备战输气管理处优秀班组长选拔赛,王晋锐豁了出去,每天练得天昏地暗。组装管件时,因位置较低,为了练出娴熟的技艺,她轮流单腿跪地,致使双膝关节出现了红肿。作业区教练武强说,这么个练法,男员工都吃紧得很。

王晋锐是兴隆站年龄最小的,却是让人最佩服的,易晓强说:"这个幺妹是个女汉子,我们服她。"在2016年度输气站场站长站员双选中,两位师傅再次选择和王晋锐搭档,"和她一起上班,我们很齐心很开心很放心。"2016年底,兴隆站收获输气管理处先进班组。

辣妹子,心气高。2016年王晋锐作为作业区种子选手参加输气管理处技能比赛,却因发挥不理想未能获得名次。2017年参加输气管理处优秀班组长选拔赛,王晋锐奋力拼搏。集训的一周里,她狠心抛下两岁的女儿,搬到了单位单身宿舍。她说:"去年没能获得名次,今年必须打好翻身仗。"

辣妹儿的辣不仅是做事干练的辣劲儿,更是她内心深处不服输的干劲儿。

(谢丽红)

管护工代华平的一天

2015年6月25日,是管护工代华平,平常的一天。

清晨6点,南国灯城自贡,炫彩的街灯在各个街道安静地闪烁着。当很多人正在熟睡的时候,自贡输气作业区管护工代华平的妻子张伟也在厨房准备着热腾腾的早餐。

"路上小心点。"伴随着这14年不变的叮嘱,憨厚寡言的代华平回了一声"晓得了",便身着红色信号服,飘出门外。

顶着清晨的月亮,笔者跟随代华平,坐着第一趟班车来到了距离自贡市区30多千米的永年镇。今天,代华平计划的任务是从杨家山走到富南桥,全程14千米。

只走了几条田坎,裤脚已全部被露水打湿,鞋子里浸了水,随着跨动的双腿,"咔叽咔叽"有节奏地响。感觉踩在脚下的已不是自己的鞋子,走着走着,有些不自在了。

敦实憨厚的代师傅笑着说:"我们这个工作就是这么矛盾,早上走,露水多,一会就一身是水,晚点出来,太阳大又是一身汗水。"

沿山坡而上,代华平一会看看管线有无异常,里程桩有没有受损,看管线上有没有堆放东西,瞧管线旁有无施工作业,过水田看看水田里有没有气泡,给测试桩除锈上机油,用万用表测试着管道电位,把每一个记录都认真写在笔记本上……太阳越升越高,刺眼的阳光一路伴着代华平。

时间已近中午12点,天气越来越热,我感觉自己快虚脱了,代华平见状忙招呼我在一棵大树下停下来用午餐,啃着饼干。"我想拍几张你披荆斩棘,手持砍刀巡管的照片,可一路上咋感觉这沿途就没什么植物呀？""世上本没有路，走久了便有了路，这里我几乎是天天走着的，平日有点草就砍了，这路肯定好走了。"代师傅幽默地说道。

在行走途中，无意中看到了代师傅的记录本，随意翻看着，上面密密麻麻写着大概 200 多个电话号码。

"怎么这么多号码？"我惊奇地问道。

"这些都是我管线沿线各个村镇的电话，管线附近所有的住户和管线所在乡村领导电话，我都有。"

"保护管线，需要这么多号码呀？"

"这沿线几十千米管线，靠我一个人可不行，还是得发动群众共同参与保护，在这走了 14 年，慢慢地和村民们也就熟悉了，碰见了打个招呼就顺便给他们讲些天然气管线保护的知识，作业区也是这样要求的。"

快下午 6 点，拖着疲惫的身体我们回到邓关站。"今天得早点回去，老婆过生日，我一天早出晚归的。自从有了女儿，老婆就辞职照顾着家庭，这九年委屈她了。"代师傅显得有点激动，话语中带着内疚。

6 点还叫早点回去，看着代华平兴冲冲离去的背影，我从心里向他道了一声"辛苦了！"。

在站上，随意翻看起代华平填写的资料。"就是该来报道下代师傅，老实人，踏踏实实地工作，上次分公司审计他的管线情况和资料，还专门提出表扬哟，为我们站争了光。"谈起代华平，站长陈云英滔滔不绝地说起来。

代师傅的各项资料存放有序，特别是《管护工日常维护记录》，不仅字迹工整，而且内容翔实，每天的记录好比一部电影纪录片，一看就知道当天他是怎样工作的，平凡而真实。

傍晚 7 点,城里已是万家灯火,璀璨的夜景里溢出平安和谐和幸福。伴随丝丝入耳的气流,我不禁感叹:这管道里,流动的不仅仅是清洁的能源,还有和谐与幸福。在这其中,却包含着如代华平一般更多平凡输气人的默默坚守和辛苦付出。这辛苦、这坚守虽普通而真实,但却是我们输气人末梢发力的精神汇集。

(杨 珂)

半百党员的新跨界

肖农,党龄14年,输气工、老师、阀修、计算机、自动化、抢险、专家……他的从业生涯在2019年迎来了又一次的全新跨界:出任磨溪—铜梁管道工程技术专家组组长,带领来自川东北气矿、储气库管理处、成都天然气化工总厂的技术骨干们,负责铜梁压气站压缩机系统调试、测试技术方案的把关及技术指导。"年过半百,又从零起步,不仅在机泵领域达到了厂家工程师水平,肚子也小了,收获颇多啊。"对于这次"跨界",肖农很满意。而这"满意"背后,都是付出与汗水、机智与创新。

磨溪—铜梁管道工程最大的问题就是时间紧,可是压缩机系统调试是一个庞大、复杂的工程,酸洗、跑水、润滑油内外循环等各个环节的测试都要消耗大量时间,可时间却根本不够!"优化调试方案,用高质量的工作促施工进度、服务生产才是我们在这里的意义,党员就是要敢担当、能担当,没办法就想!"肖农说道。

肖农带着专家组成员一路紧守厂家工程师,掌握各环节运行原理,熬更守夜优化调试方案。在去离子罐(压缩机配套设备)跑水测试环节,专家组提出用去离子水更换常规测试用的纯净水,减少测试时间,还能延长去离子罐使用寿命。可问题又来了,去离子水不是普通水,找遍了施工现场所在的重庆铜梁地区,一无所获。淘宝!互联网时代,电商也是一大助力。肖农迅速找到一家成都的卖家,垫付"水费"、检测水质合格、联系车辆运输。水到了,施工人员却因为长时间的作业进入了倦怠期,可是一旦去离子水放置久了,作用就会大大降低,不能等!专家组成员们均挽起袖子开始卸车,这一举动感染并带动了施工人员重新投入作业。去离子罐跑水测试开始,原本需要7天的测试,于半小时后便宣布合格,厂家称之为"教科书式的操作"。

肖农带着专家组成员从指导到主导再到主干,像这样节约时间、节约成本的优化方案不胜枚举。他们深入现场每个环节,解决问题、多方协调、带动施工队伍,用实际行动践行"守初心、担使命,全力助推铜梁压气站'10·20'建成投产"的承诺。

"我希望把这次的经验带到下一个压气站的建设中去,让细节更完善、成本更节约、工程更顺利。"说完,肖农转身又走进了压缩机厂房。

(张兢之)

妈妈我看你来了

"妈妈,妈妈,快开门,覃一轩来看您来了……"3月7日,一大早,输气管理处南充输气作业区济渡配气站值班的输气女工石鸣,隐约听见了女儿稚嫩的童音。石鸣不敢相信自己的耳朵。

是我女儿来了,是一轩来了,石鸣抑制不住内心的激动,飞奔到配气站大门口,她太想见到女儿可爱的笑脸了。

"乖乖,我的宝贝……"石鸣在配气站门口拥抱着3岁的女儿,激动得热泪盈眶。

"妈妈,节日快乐!"女儿手捧油菜花,乖巧地献给妈妈。

"这么远的路,你们怎么来的啊?"擦着眼角的泪水,看到父母和女儿突然出现在自己的眼前,石鸣感觉自己像在做梦。

"石鸣啊,今天是'三八'节,知道你想念父母、思念女儿,组织上特地派车把我们接来看你来了。"石鸣的爸爸对女儿说道。

今年30岁的石鸣,11年坚守在偏远的输气站,终日与输气管线调压阀门相伴,与青山绿水、朝霞落日相依,丈夫在西藏当兵,夫妻两地分居,只有让父母照顾3岁的女儿,自己舍小家顾大家,为石油事业奉献着青春年华。

"三八"节来临之际,南充输气作业区开展了向女职工"送关爱,送温暖"活动,济渡配气站距南充有60多千米路程,针对女职工长年坚守在偏远的输气站,思念亲人的心理,特地安排了这次活动。

石鸣感慨地对记者说:"今天,我过了一个特别有意义的'三八'节,作为一名石油人,有组织的关心和厚爱,我感到无比的骄傲和自豪。"

(谯 伟)

陈姐的"告白"

2018 年 9 月 25 日,对陈姐来说,是一个值得铭记的日子。

这天,只见陈姐坐在座位上,轻微低着头,拿着纸的双手有些颤抖,眼睛在那一行行文字中扫过,清瘦的脸颊上还时而泛起丝丝红晕。对于性格向来安静沉稳、说话慢条斯理的她来说,显得有些兴奋和激动。

她,为何激动,是受到表彰、升职?还是收到了甜蜜的"告白"?大家一定都有着各种不同的猜测。

猜测,只会离真相越来越远。还是先让我们来认识一下陈姐吧。

陈姐,实名陈云英,70 年代出生的她,生活在一个普通的工人家庭,1991 年技校毕业后分配到石油单位工作。或许从小受父辈影响及传统文化熏陶的缘故,她平时言语不多,给人的第一印象就是亲切随和。在输气站工作的她,从来也不爱化妆,默默工作、爱帮忙,是她最大的特点,无论是工作还是生活上遇到什么困难,只要找她帮忙,她都会尽可能给予帮助。与她接触最多的年轻同事也以"少言、随和、踏实、敬业"来形容她的性格和人品,并亲切称她为"陈姐"。

或许 70 年代出生的人,更能体会工作的来之不易。因为那个年代出生的人,常常都能从父辈们的口中听到中华人民共和国成立前及成立初期的那些艰苦岁月,父母的言传身教,让陈姐从小就养成了独立、正直的性格。

陈姐说,那时的输气站场还未配置电脑等现代办公设备,每天还是电话报气量,用双波纹管计量,用计量器输入公式计算用户气量,稍不小心就会出错;站上员工的业余生活也相对简单,仅限于打打乒乓、羽毛球，下下象棋之类的活动；工作上遇到不懂不会的问题，只能主动向书本学、向老师傅学，只要不放弃，时间长了，知识也就积累多了。

成功永远只会给有准备的人。陈姐通过不断付出与努力，从一个普通的输气工逐渐成长，自2004年起先后担任过邓关、桐梓园、徐家冲等站值班站长，先进工作者、三八红旗手等荣誉也接踵而至。2009年，她圆了自己的第一个奋斗目标——输气技师梦。

只有奋斗的人生，才会让生命更加绚丽。2014年，陈姐43岁，也是她参加工作的第23个年头，她为自己订下第二个目标，那就是加入中国共产党。同年4月，陈姐郑重向党组织递交了入党申请书，向党组织表白自己的心声，希望在退休前成为一名光荣的共产党员。递交入党申请书后，陈姐工作更加努力了。作为邓关站值班站长的她，白天忙着管理好站场日常事务，晚上便扎在书本、电脑前学习党的基本理论，学习工作所需要的相关专业知识。在她的带领和影响下，全站员工自觉学习的氛围更加浓厚了，站场管理水平也明显提高了。经过2年的打造，2015年邓关站被输气管理处评为金牌输气站。

"我志愿加入中国共产党，拥护党的纲领……"从党小组推荐、列为党积极分子、考察培养、确定为发展对象，到成为一名中国共产党党员，陈姐等了4年，此时的她已经47岁。当面对鲜红党旗"告白"时，我发现陈姐的眼睛湿润了。

（邱　勇）

页岩气上再出发

来到威远站,值班楼前一张醒目的照片赫然映入眼帘:六名输气工满面自豪,手指向身后即将投运的中国石油目前设计规模最大的页岩气站——威远输气站。带领这群输气人克服困难提前入驻的兵头将尾,就是站长蒋跃。

自信源自实力

刚入职时,蒋跃被分配到输气管理处排得上号的艰苦点站——兰家坝输气站,一待就是13年。

"微笑面对工作和生活",是蒋跃一直以来信奉的人生哲学。无论是在工作上,还是在生活中,蒋跃都用一颗热忱的心坦然、微笑面对。自2010年担任成佳站站长以来,她经过认真分析、结合本站实际,提出了"阳光建班·微笑成佳"的建班理念,得到站员与上级的高度好评。

蒋跃在成佳站担任站长八年,设备操作的步骤、时间,乃至于每一个细微的动作,都严格要求,力求精确。资料填写的要求、模板,乃至于每一个字的正确,都精益求精,力求无误。作为一类站,成佳站每日的工作量可想而知。但经历了无数次大大小小的检查,所有检查人员对成佳站的管理效果都是由衷的赞扬。经过几年的不断努力,成佳输气站各项工作已经成为自贡输气作业区的标杆。

真情源自真诚

蒋跃是个性情中人,石油女汉子,一点不矫情。蒋跃和丈夫苏世峰一直都在一个站上班,但蒋跃毫不偏袒,重活累活都是自己和苏世峰承担。熟知蒋跃的人都开玩笑说，蒋跃是把家人当站员，而把站员当家人。

生活上是知心姐姐，工作上却是严厉的老师。蒋跃的严格体现得最多的是在对待徒弟上。每年都会有大学毕业生、技校生分配到成佳站实习。在技术上，蒋跃是一个近乎"顽固"的人，她不能容忍一丝的偏差和大意。每一个动作，每一个操作流程，她都要求实习员工精益求精，达到标准化操作。

蒋跃把成佳站当作自己的第二个家来经营。为了丰富大家的业余生活，她组织站员厨艺大比拼，让班组有了浓浓的"家庭"味儿。在生产管理上蒋跃也爱动脑动手，为了延长了保养周期，利用保鲜膜给设备"保鲜"，提高了保养效率，确保了设备的灵光可靠。谈起自己的班组长，90后麦寒露说："比起站长，她更像我们的大姐姐。"

奉献源自责任

2018年对于蒋跃来说是最为忙碌的一年。

从7月开始历时三个月的成佳站工程改造，蒋跃带领班组的"80、90后"冒酷暑承担了绝大部分的土建施工、关键作业、停气碰头监控。工程期间的各项表现也得到了作业区及上级领导的表扬和认可。

8月23日，时任西南油气田公司副总经理钱治家到成佳输气站检查慰问。蒋跃将站上员工备战页岩气进气威远站的情况告知钱总后，钱总十分欣慰："大家没有离别成佳的惆怅，没有工作多年产生的疲乏，相反，干劲十足，全力备战迎接新挑战，这种勇气和精神值得表扬和肯定。"这是他第二次到成佳，也是他第二次赞扬蒋跃。

10月威远新站投运，成佳输气站员工整体迁移到威远输气站，这在输气管理处也算是首例。他们每天主动了解施工单位的施工情况，做好现场监督、记录，并及时将各种情况汇报作业区。

"其他工作我都不担心，最怕生活上苦了这些小娃儿。"在蒋跃的眼里,"80后"的朱凡勃、李大林,"95后"的丁冬、麦寒露都是她的弟妹甚至儿女。工作安排上蒋跃觉得很轻松,因为在成佳站的合作,大家都非常默契,主动积极。生活上,目前的居住环境和条件远不如成佳站。站内设施还未完善,她们就租住农舍,站内值班室还未修建好,他们就搭帐篷值守……

蒋跃即将退休,面对工作,好像总有用不完的精力,总能出色完成任务。偶然见她写资料戴上了老花镜,才深感岁月不饶人,才发现皱纹已悄悄爬上了她的眼角。

(谢丽红)

站场来了"老徒弟"

2018年4月2日清晨,天刚蒙蒙亮,黄土输气站就传来"簌、簌、簌"的扫地声,一个来回走动的红工衣为站场增添了几分色彩。

那身影,是黄土输气站的"老徒弟"黄光明。他今年53岁,满头的白发。没扫几下,另一位"老徒弟"蒲杰也拿起扫帚加入了他的队伍。清扫完站场,天空已布满朝霞。

蒲杰今年54岁,他和黄光明2018年1月从川西公管中心分流,2月20日到仁寿输气作业区黄土输气站。谈起转岗,他们心里既有对原单位的不舍,眼里也流露出对未来的憧憬……

蒲杰1983年参加工作,在6083钻井队当钻工,1991年到四川石油卫校学医士,1994年在资阳器材库当上了医生,2006年又到川西公管中心资阳管理站。"年轻时,当过'新长征突击手'。"说起以往,蒲杰颇有点自豪。

黄光明与蒲杰同级,都是钻井专业,同年在东观技校毕业,算得上是好兄弟。巧的是,他们先后都到了川西公管中心资阳管理站,如今又一起转岗到黄土输气站。

"多少还是有点无奈,不过没什么,来了就要干好,面对挑战,不害怕。"黄光明说。

9时,"80后"站长侯玉林把全站员工召集在一起,今天要进行计量仪表零位检查。

黄光明和蒲杰拿着纸和笔边看边学边做记录,每人手里还多了一副老花眼镜。

"起初我很担心他们有情绪,但没想到他们在工作中这么认真、敬业。"侯玉林说。

侯玉林和李文俊都是"80后",站上还有个"70后","年龄虽然大了不少,但岗位上他们确实是我们的师傅,几个'小师傅'对我们都很好。"蒲杰说。

一阵喇叭声在站外响起,没想到一起分配到黄土站的另一名转岗员工李勇又出现在站门口,3月30日,他已从黄土输气站调离到东坡输气站上班,今天回来取一些落下的包裹。分别好几天,三个老伙计见面异常亲热。

看见正在进行计量仪表零位检查,49岁的李勇主动加入队伍中。

李勇笑着说:"刚到站时,我们闹过不少笑话,根本分不清阀门的型号,站长问我们什么是'四条红线',我们都以为是站场工艺区周围的边界红线。"

"后来才晓得是安全上的规章制度。"蒲杰笑着补充说。

尽管侯玉林一再放慢了操作的速度,但三个"老徒弟"依然觉得动作有点快,每一个步骤都要反复问上好几遍。

"比起掌握操作规程来,感觉背那些技能鉴定的考题更难!"蒲杰感叹道。"没有办法,只有每天看上好几遍书,一本书都快翻烂了,上周在电脑上自我测试,我考了75分,黄光明考了68分,李勇也考了70分,还要继续加强学习。"

他们三个人的家都在资阳,亲属也大都在资阳,晚饭后,散步成了他们唯一的消遣。回到寝室,不会玩电脑和网络的他们,如今都学会了用微信与家人视频聊天。

黄光明打开微信,手机传来他老婆的身影。老婆问他有什么打算,他微笑着说:"正在积极备考,必须考过技能等级鉴定,5月份单独顶岗后,就可以轮休了,生活总会越来越好的。"老两口从未分开过这么远、这么久,电话那头,黄光明的老婆忍不住流下了思念的泪水。

(黄利军)

姐弟劳模

蒋跃、蒋勇是自贡输气作业区员工,姐弟俩小时候跟随父亲生活在徐家冲输气站,闻着"气"味长大的姐弟俩先后就读石油技校,继承父亲衣钵,成为输气工人。

姐姐是输气技师,弟弟是油气管道保护技师;姐姐是威远站站长,弟弟是防腐班班长;姐姐在输气站场上建功,弟弟在输气管道上立业,"油二代"姐弟俩用高度的责任心诠释着平安输气。2018年、2019年输气管理处工作会上,蒋勇蒋跃先后获得了输气管理处劳动模范。

"暖心"姐姐的输气梦

蒋跃工作近25年,参加过数次技术比赛,并取得优异成绩。她所在的成佳输气站荣获西南油气田红旗班组、输气管理处优秀五型班组……面对荣誉,蒋跃谦逊坦然地说:"成绩只能代表过去,我不是最好,但我力求更好。"正是这种永不停歇的上进精神,让蒋跃在各方面成绩突出,2010年晋升为输气技师。

2010年,经过认真分析、结合本站实际,蒋跃提出了"阳光建班·微笑成佳"的建班理念,用乐观的态度,面对困难,面对挫折。近年来自贡输气作业区把成佳、邓关、安边等站作为青年新工实习培训基地,作为输气技师的蒋跃,不仅在技术上传帮带,在生活上更是关心青年的成长。2015年在成佳站实习的罗淑瑶、张闰新两位青工,在作业区技术测评中,分获一、二名。

凡是在成佳输气站实习过的新工都难忘蒋跃美味的盐帮菜,更能从蒋跃手中学到输气专业技能,学到站场管理的点点滴滴。在她的带领下成佳输气站连续三年在自贡输气作业区点站评比中位居榜首，被评为西南油气田红旗班组。2018年中国石油设计规模最大的页岩气进气站威远输气站即将投运，蒋跃带领班组员工从成佳到威远，提前入驻，克服各种困难，确保站场顺利投运。

智勇弟弟的管道情

1993年参加工作的蒋勇，先后担任过输气工、驾驶员、管护工。蒋勇做事看问题总思考"为什么？怎样做？"在曹家坝站任输气工的蒋勇，经常到兰家坝看望当时在兰家坝任站长的姐姐，并时常交流技术和站场管理问题，1997年，22岁的蒋勇成为曹家坝站站长，是当时自贡最年轻的站长。

2006年，善于与地方协调的蒋勇转到防腐工岗位，10年间蒋勇成功开展了多次拆违，并在工作中不断积累沉淀，从操作到理论，在实践中总结，先后在"输气管理处天然气跨越管道外腐蚀调查研究""杂散电流测试与排流技术推广应用""川渝地区埋地钢质管道阴极保护通电电位对防腐层阴极剥离的影响研究""浅析阴极保护电位对川渝地区3PE管道防腐层阴极剥离的影响"等不同级别的项目中承担主研人员。

蒋勇说："作为管道保护工就应该真正为输气管道服好务，解决管道安全运行、管道维护中实际存在的问题。"2017年3月1日蒋勇顺利聘任为输气管理处油气管道保护工技师，这是对他工作的肯定，更是他人生的一个新起点。

蒋氏姐弟的故事很平凡，在基层一线正是有那些爱岗敬业的姐弟、兄妹、夫妻、父子、母女……用亲情感召，用奉献传递，筑牢了安全平稳输供气的又一坚强后盾。

（谢丽红）

金牌会计的那些事

昨天,领奖台上、闪光灯下,她满脸笑容,开心地挥舞着手中胜利的鲜花。

今天,办公室里、日光灯下,她一脸严肃,细心地审核着每一笔过手的账目。

她,就是获得西南油气田公司第六届会计专业职业技能竞赛第一名的金牌会计韦霞。

不想当会计的会计

1976年,韦霞出生在华阳龙灯山一个普通的石油家庭。由于是家里最小的孩子,父母的疼爱和哥哥姐姐的谦让,让韦霞打小就养成了争强好胜、活泼好动的性格。

大一时,为了及早通过珠心算能手六级,韦霞没日没夜地练习手法和口诀。去教室的路上,她两只手在空中比画着,嘴里还不停念着口诀;回到寝室,当别的同学开始看小说、听音乐的时候,她却拿着算盘开始一遍一遍的练习,常常是忘了饭点。凭借着这种精神韦霞磨出茧的手指竟打坏了2个算盘,但也如愿以偿地获得了珠算能手六级的等级证书。

1998年,22岁的韦霞以优异的成绩从成都广播电视大学会计专业毕业了。

舍得吃苦奉献的会计

人生的价值不是一两次耀眼的成功,而是在平凡的日子中日积月累。韦霞用自己的行动诠释了这句话。

1998年,韦霞被分配到输气管理处原宜宾营销部办公室工作。

会计专业的她,在办公室一干就是5年。

2003年,一次偶然的机会让韦霞终于踏入以账页为伴,以数字为友的会计行业。

勤奋好学是韦霞的法宝,执着岗位职责是她的工作目标。韦霞常说:"笨鸟先飞。"工作中一丝不苟,兢兢业业,回到家后,顾不上疲惫的身体仍然要关心老人和照顾小孩。每当夜深人静时,韦霞家窗台那盏台灯依然照亮着,那是她在挑灯夜读。就是这样持续不断的学习,韦霞的业务技能迅速得到提升,财会工作的每一个环节、每一个风险点以及防范措施的应对,她都了如指掌。韦霞深知,入行短,唯有不断地加强自身业务知识的学习,熟练掌握技能,才能更好地履行自己的职责。

2008年,韦霞转为会计。平时在工作中细心、耐心,热心周到,面对每一位同事,她总是笑脸相迎。但是对于财务制度,韦霞却是一脸严肃,对于违反财务制度的行为,她铁面相拒。一次,一位承包商拿了一张已经签了字的票据来结账,韦霞发现这是一张不符合规范的票据,坚决不同意,并及时向领导汇报。近年来,每年经韦霞审核的单据多达2500多份,她都做到计算准确、划拨及时、收缴齐全。

由于工作能力突出,年仅36岁的韦霞已是6个徒弟的师傅。在工作中,她毫无保留,严格要求,将自己多年来参加培训总结的笔记与徒弟们分享,并耐心讲解。韦霞抓住工作机会,经常与大家研究财务实践上的操作,利用工间休息闲聊的时间,与大家互换信息,交流经验。

金牌会计背后的会计

"这次能够取得好成绩,首先得感谢咱们处建立的人才培养机制,给予我们基层财会人员参赛的机会,其次要感谢老公,是他的默默付出给了我勇争第一的勇气和决心。"

韦霞有个幸福的小家,老公杨选治是大学的同班同学。老公是成都人,为了爱情追随韦霞来到长江边的宜宾小城,谋了一份会计工作。2006年,因单位合并,韦霞来到自贡,而老公也毅然辞掉了宜宾安稳的工作来到自贡。

韦霞热爱体育运动,高中、大学都是学校篮球、排球队的主力。工作之余,总爱去打打篮球、乒乓球,十几年来老公则成了她形影不离的球友。

这次金牌会计比赛,为了使第一次参加大赛的老婆无后顾之忧,杨选治白天上班当会计,晚上回家还得当超级奶爸照顾年幼的儿子。当韦霞带着金牌回到家,看到瘦了一圈的老公和胖了一圈的儿子时,她激动地流下了爱的泪水。

没有惊天动地的丰功伟绩,只是扎根基层默默奉献。韦霞在自己钟情的财会岗位上默默耕耘、辛勤探索。

(杨　珂)

魏勇的"孙子兵法"

"兵者,国之大事,死生之地,存亡之道,不可不察也。"作为仁寿输气作业区乐山片区的管护片长,魏勇的肩头上担负着共计300余千米管线的管理重任。管道沿线地方开发建设迅猛,地质灾害频繁。在如此严峻的外部形式下,片区内的管道却总是管理得井井有条。这份安全的成果,跟魏勇个人的"战略战术修养"密切相关。

魏勇的工作经历,讲起来就像是一本小说。从1989年参加工作,魏勇先后从事过焊工、电工、钳工、输气工、管护工、防腐工,用他的话来说,就是"什么样的人生都尝试了一遍"。丰富的工作经历,渊博的见识,让魏勇成了一名"能文能武"的"儒将"。

2012年底,乐山供气工程开始建设,时任仁寿作业区防腐班班长的魏勇代表作业区进入了项目组,挑起了对外协调、土地用地与规划手续办理等重担。面对纷繁复杂的地方关系,魏勇一一梳理,不断周旋于施工现场与地方政府各职能部门之间。那段时间,市经委、国土局、林业局、交通局……乐山市的各大职能部门都被魏勇探了个遍。凭借防腐班班长时期积累下来的人脉与协调能力,土地、规划的相关手续均顺利完成办理。

地方百姓的沟通与协调永远是管道建设阶段无法避免的难题。"上兵伐谋,其次伐交,再次伐兵。"在地方协调的处置上,魏勇总是秉承这种思路,可谓是身经百战,经验老到。2013年,乐山供气工程仁乐线D610段岷江穿越施工时,遭到汉阳镇地方百姓百般阻挠,施工队伍无法进场,地方政府也无可奈何。危急之时,魏勇主动请缨出面协调。面对气焰强势的地方业主,魏勇打起"太极拳",利用周末业余时间,在当地摆起了"坝坝宴",邀请当地村民与汉阳镇书记、镇长一同参加。在饭桌上,魏勇与村民拉起了家常,聊起了往事,悄无声息地向群众灌输起了天然气管道建设与保护的理念,晓之以理动之以情,迅速地缓解了管线施工与地方村民的矛盾,并在随后的建设过程中不断利用各种方式疏导当地村民,岷江穿越段建设才得以顺利开展。

"善用兵者,修道而保法,故能为胜败之政。"出于管道保护的责任感和使命感,魏勇不断思考管道管理的方式方法。2015年以来,地方经济快速发展,管道第三方风险管理形势日益严峻。面对管道外部风险的高压态势,如何实现管道风险防控成了作业区最重要的课题。2016年,魏勇根据多年来的管理经验和思考,主动献上锦囊,提出了"片区管理模式":靠团队的力量来战斗。

作业区经研讨和部署后,片区管理模式正式启用。仁寿作业区将辖内管线划分为仁寿、眉山、乐山三个片区,片长牵头管理片区内管护工,带头落实乡镇访谈,集中处理片区内管道第三方事件,互相增援,共同处理棘手问题。形成了作业区领导—管道办—片长三位一体的片区对位属地政府协调机制,极大程度上改善了作业区地企联动的现状。

刚成立乐山片区不久,仁乐线D406曾遭遇野蛮施工,业主不管不顾,试图强行在管线上方修建猪毛加工厂。在管护工制止无果的情况下,片区果断发挥力量,联合乐山市各职能部门,紧急出动执法队伍。看着浩浩荡荡30余人的大队奔赴现场,业主直接傻了眼,刚准备起建的加工厂被迅速夷为平地,确保了我方管道的安全。

如今的魏勇,作为乐山片区片长,依旧每日奔波在管道保护的最前线,在不断处置管道事件的同时也在不断加强自身的素质与本领。无论是地企协调、风险处置,还是巡护队伍管理、附属设施建设,唯有真正热爱自己所从事的工作,才能长久地坚持。魏勇始终保持着自己的热情和激情,诠释着石油人的敬业与担当。

(陈昱芃)

老管护的责任心

"干好任何工作,关键是责任心。"这是南充输气作业区管护工江建平时常挂在嘴边的一句口头禅。

江建平今年58岁,皮肤黝黑,满头的白发仿佛在述说他巡管路上不平凡的人生。

常年在管道上摸爬滚打,江建平总结出了自己的经验:"跟老乡摆下龙门阵,面对面、心贴心,这样既简单又容易沟通……"

2018年,江建平负责北干线新庙乡至蓬溪输气站这段18千米管线的安全。腊月初七,蓬溪县下东乡龙门亚村村民敬应书,在家里杀年猪时,特别邀请他帮忙杀猪,成为家里的座上客。

江建平虽然还有一年多就要退休了,但是至今,他勇斗歹徒、抗洪抢险的事迹仍被工友们津津乐道。

1992年4月21日晚9时许,江建平发现4个人影正在搬运物品。他立即大呼:"抓小偷——",并顺手操起锄头,毫不犹豫地冲了上去。在他的带领下,全站员工英勇地与歹徒搏斗,搏斗过程中,他被歹徒划中4刀,但站上财产无一丢失。后来,南充县(今南充市)政府专门召开见义勇为表彰大会,上级部门领导也前来慰问与表扬。江建平还被奖励了一级工资呢。

2006年6月,江建平担任南充输气作业渠县管护片区片长。渠县因特殊的地理位置,几乎年年都有洪灾。2011年9月,渠县遭受百年一遇的特大洪灾,渠县CNG站、渠县西阀室、渠县基地受到不同程度损失。面对来势凶猛的洪水,江建平全力投入抗洪抢险中,加强洪水附近地段管线巡护,确保管网平稳运行,保障了渠县20万群众正常用气。

(罗琴 罗斌)

不变的守望

"看,二江寺阀室至南玻阀井段,一天内已经两个来回了,足足有30千米。"作业区GPS巡线监控系统上显示出清晰的巡线轨迹。行走在这条轨迹线上的,就是成都输气作业区华阳片区管道片长——宁强。

宁强,42岁,中共党员,担任管道片长4年来,面对华阳片区150千米管道,平均每年40余处施工点,他交出了管道第三方施工零损伤的优异答卷。22年管护路,这位铁汉用脚步丈量自己的人生。

管护精兵

1991年入伍,结束了3年军旅生涯的宁强进入输气管理处,成了一名油气管道保护工。

"第一次看到输气管线,既激动又忐忑。"刚接触油气管道保护工作时,面对一眼望不到头的管道,连绵起伏的山丘,宁强凭着军人的坚韧,开始了他的管护生涯。从最初级、最简单的工作干起:管线桩除草、打扫阀室阀井,再到操作探管仪,电位桩测试。宁强就像一块干枯海绵,不断地吸收再吸收:现场第三方管理,高后果区、管道完整性管理,现场监控风险辨识……基础稳固了,宁强的底气也足了,先后参与完成南干线智能清管、成简快速通道建设、成渝铁路专线建设等20余项重要工程项目监控,有力确保了简阳地区南干线西段玉成至城厢段输气管道安全运行。

2012年6月,宁强调至华阳片区,他不仅将目光局限于安全输供,更多地开始学会如何把控第三方施工现场及协调处理管道事宜。

2014年3月,天府新区沈阳路扩建。机械施工地点距华公线管道不足8米,被现场监控的宁强立即叫停。挖机停工后,已离开数千米的宁强留了个心眼儿,决定杀个"回马枪"。果然,宁强刚离开现场不久,挖掘机又开干了。驻守一小时后,宁强再次试探性离开,情况依然如此。在宁强往复三次"查岗"后,施工方见宁强如此固执尽责,也是无奈,"宁师傅,你放心走嘛,我们不挖了。"

管道守望者

2014年5月,宁强担任了华阳片区管护片长。从简阳片区到华阳片区,从施工点少的一、二类地区,到施工点频发的三、四类地区,宁强清楚地认识到,确保辖区管线安全,团队的力量是关键。

宁强时刻留心大家的工作状态。因天府新区建设全面铺开,部分责任管段施工点数量一夜陡增,工作量多的跑断了腿,工作量少的点到为止,部分同志的责任心出现落差。宁强看在眼里但不道破,利用业余时间默默地带着他们常往工程量多、协调难度大的管段跑,参与现场管理,去感受同事的工作强度。长此以往,大伙都明白了宁强埋在心里没说的话;面对施工点密集,施工进度快,机械化程度高的现状,兄弟们压力大,时间长了要发发牢骚,宁强都记在心里。约个时间,叫上大家聚一聚,龙门阵摆起,满上酒杯走一个,心中的情绪烟消云散。

宁强的妻子说:"更多的时候,当我睡觉了,他才回家;我起床时,早已经不见了他的身影;每周只能在家一起吃两三顿饭。但是管道安全了,我们大家的生活才能安稳。作为管护工的妻子,从原本的"蓝瘦""香菇",到现在的包容理解,保护管道安全就是他的使命。"

跨入管道保护新时代

伴随输气管网不断延伸,西部地区经济建设加速,基础设施建设与管道的交叉冲突时有发生,第三方施工愈演愈烈,宁强和管护兄弟们的压力不言而喻。

2015年,成都输气作业区着力推广管道保护系统移动终端。对计算机不熟悉,接触网络甚少,看着手中的高科技,宁强和管护兄弟们觉得有点"烫"。

"现在打仗都是信息化了,咱们管道保护也要跟得上时代。"宁强购置了平板电脑开始加强自学。刚开始很难,在哪里开始编辑,上传的步骤有哪些,宁强边操作边咨询,技术干部的电话都快被他打爆了,遇到新问题用本子记录下来。为了适应系统,宁强又购买了手写板,解决拼音差的同时,大大提升了输入效率。宁强说,通过移动终端上传一事一案、施工隐患现场资料,图文并茂、信息及时,给管线又加上了一道保险。

(伍 帅)

输气工冯超的"图画"

"这是哪个画的弹簧式安全阀剖面图哦?简直和书上的一模一样!"

2012年5月20日,输气管理处南充作业区"五型"班组检查人员,在济渡配气站《学习记录》中,看到一幅幅精美的阀门剖面图后,大声叫了起来。

"可不是嘛,还有好多张呢。"检查组成员何京燃一张张细数起来。"一共有28张,这些剖面图都是在建设'五型'班组中,员工冯超在学习时描绘的。"站长许伟介绍说。

济渡配气站是一个四类小站,两人一班轮流值守。37岁的冯超是济渡配气站的一名普通员工。早在2008年,冯超在合江参加技术比赛后,就开始琢磨如何"立足岗位学技术"。他说:"描绘剖面图本身就是学习的过程,如果能熟悉描绘出来,有助于加深对各类阀门构造、原理的理解和记忆,也能提高学习效率,巩固知识技能。"此后,冯超每到一个站,都通过描绘剖面图的办法加强学习,磨溪输气站、景福配气站、济渡配气站共180个阀门,都成了他描绘的对象。

如今,冯超不仅能描绘出闸阀、截止阀、球阀等各类阀门的剖面图,而且图上标注的零部件名称都准确无误。正是基于对场站设施的全面了解,冯超巡检时更加得心应手,济渡配气站年年实现了安全输供气。

(罗 琴)

"牛"司机的安全"星"

仁寿输气作业区有一名"牛"司机，提起他的名字大家都要夸他"顶呱呱"，他就是常把安全放在心上，常把"谨慎驾驶"念在嘴上，在仁寿输气作业区竖起了一面安全驾驶旗帜的刘正义。

刘正义今年55岁，1994年，刘正义转业到仁寿输气作业区后，怀着对事业的热爱，继续从事着他心爱的驾驶员这个职业。从部队到地方，尽管环境变了，但不变的是责任心，几十年来，他凭着过硬的驾驶技术，驾驶车辆130万千米未出过一次责任行车事故，被同事们称为真正的"牛"司机。

每当刘正义坐在驾驶室里的时候，他的内心就升起一种自豪感，小小的驾驶室成为他实现自我价值的舞台。

刘正义常说："手握方向盘，要时刻想着安全。"

每次出车前，刘正义都要早早来到单位，精心对全车进行检查。到修理厂进行周期保养车辆时，从打开车盖到保养结束，他都一直紧盯着保养全过程，他说："绝不能少掉一颗螺丝钉。"越是天气恶劣，刘正义对车辆的维护保养越仔细。车辆偶尔发生故障时，他就和修车师傅一起检查各个部件，加强对车辆机械原理等业务知识的学习。驾驶车辆时，他严格要求自己轻加油、缓刹车，最大限度减少人为操作对车辆的损害。刘正义对待车辆就像对待自己的孩子，同事宋伟接过刘正义跑了30万千米的车后，感叹道："这车开起来还像新车一样！"

在行驶过程中，刘正义严格遵守交通规则，一丝一毫都不敢松懈，拿他的话说："每一个失误都可能人命关天。"

输气管网是城市的命脉，管网维修速度关系着千家万户的灶火。作为一名驾驶员，刘正义深知在抢险过程中除了要与时间赛跑，还应当牢记谨慎驾驶是安全行车的必要条件。2016年8月的一个深夜，正在休息的刘正义突然接到前往中岗阀室处理险情的通知，在路过一棵大树时，细心的他发现这棵大树已摇摇欲坠。返程途中，他多了一个心眼，在路过这一段时，他特别放慢了速度，车刚行驶到这棵大树前，大树刚好拦腰折断，满车的人都吓了一大跳，直呼："好险啊！"

刘正义安全驾驶达到100万千米时，他获得了西南油气田公司颁发的证书和奖励。在接过证书的那一刻，他压抑不住内心的激动，暗暗立下誓言，一定要把车辆继续安全行驶下去，这既是对单位负责，也是对家庭负责。

开车前，刘正义总要先查看一下周围有没有障碍物、有没有不安全因素。行驶过程中，始终保持中速、匀速行驶。下坡拐弯时，一定要把车速控制在安全速度上。会车时，时刻注意减速、停车、让道。经过多年的驾驶，刘正义总结出行驶"三结合"的安全经验。一是出车前保养和检查相结合；二是行驶过程中心态和车速相结合；三是突发情况下观察和经验相结合。

"出门一身土，回家一身汗"是驾驶员真实的写照，常年在外奔波，刘正义得了鼻炎，稍有感冒就会喷嚏、鼻涕不断。起初刘正义并没有在意，但在一次行驶过程中，因为取纸张使车身出现了轻微的摇晃，他突然意识到安全驾驶还应当保持良好的身体素质。

从那时起，他开始坚持锻炼身体，每天散步走上一万步左右，他笑着说："在作业区开展的竞走活动中，我还获得过第一名的好成绩。"经过长期锻炼，刘正义很少感冒了，鼻炎也好了很多，再也没有发生因为取纸张而使车辆摇晃的不安全行为，驾驶车辆也安全了许多。

1999年，杨帆转岗后成为刘正义的徒弟，刘正义打心眼里高兴，仿佛又回到了部队里的岁月。他在传授杨帆驾驶技能时，侧重教重点、教方法，从一开始就强调必须养成良好的驾驶习惯，任何时候都要首先考虑到把安全作为前提。他还要求杨帆随身携带一个笔记本,遇到不懂的就立即记下来,全面提高技能综合素质。

师父教得认真,徒弟学得仔细。多年来,杨帆默默地感受着刘正义的敬业精神。如今,杨帆在刘正义的"传、帮、带"下,已成长为仁寿作业区行车班班长,他说:"一定要把师傅的经验和责任心传承下去,确保每一趟出行都绝对安全。"

(吕世平)

元气少女

仁寿输气业区办公室来了一位新成员,她活泼乖巧、乐观天真,给大家的工作和生活带来了许多欢声笑语,她便是元气少女——周思琪。

爱笑、阳光如她。都说爱笑的女孩运气都不会太差,思琪便是其中一个。每天上班时,她总是笑意盈盈,让人心里也充满暖意,从她的眼神中,总能看到对生活的希望。当完成一项工作时,她会时不时哼个小曲,用歌声来调节刚刚紧张的工作氛围。

乐观、开朗如她。在被工作压得喘不过气时,我会忍不住叹息来排解心中的烦闷。"别叹气,皇冠会掉。加油,能行的!"每每此时,思琪总是给我鼓劲,而这个小我几岁的女孩的话像是有魔力一般,会让你一扫心中的乌云,重新振作起来。

踏实、负责如她。由于办公室人员流动,思琪来到了我们党政办公室大家庭。在此之前,她还在东坡输气站踏实地工作着。

2018年9月,正在轮休的她接到作业区电话通知,要求速速赶回参加高技能人才职业技能竞赛训练。难得的假期,关键还是到云南开始休假的第一天,纠结矛盾的心情不言而喻。尽管朋友劝说晚几天再回来训练,她毅然决定买了第二天的回程机票参与训练。"既然被选拔参加此次比赛,我一定不能辜负单位的期望,抓紧时间训练,争取取得好成绩。"原本准备在彩云之南度过的生日,也在紧张的赛前训练中度过了。通过不懈努力,最终,第一次参加技术比赛的她取得了不错的成绩。

如今,元气少女到了新的工作岗位,正默默地奋斗着。

心若向阳,便是阳光。明天,也要是元气满满的一天哦。

(余思娴)

带"狠劲"的老蔡

老蔡,本名蔡景忠,在仁寿输气作业区算是一个"狠角",今年51岁的他,做事依然处处透露出一股不服输的"狠劲儿"。

2000年,做了8年管护工的老蔡因为工作需求转岗为输气工,来到偏僻的东兴输气站担任站长。刚转岗,老蔡面临很多困难,但不服输的性格让他暗暗下定决心:"没有越不过的高山,没有跨不过的沟壑。"老蔡根据现有的教材、资料一点点摸索,挑灯夜战早已成了他每日的必修课。老蔡的"狠劲儿"也深深感染了身边的同事们,在大家共同不懈的努力下,东兴输气站荣获了"输气管理处先进班组"称号。

凭着老蔡的"狠劲儿"和过硬的技术,"站长专业户"的名号慢慢地成了老蔡的专用代名词,东兴站、汪洋老站、犍南站……老蔡在大大小小的6个输气站场担任过站长,其中4个站场都荣获过输气管理先进班组称号。2010年,老蔡升级成为输气技师,获得了"输气管理处安全环保先进",转岗后10年里拿下技师称号,老蔡还真是"狠"。"隔行如隔山"这句话在他的身上还真无处可寻。

2019年,仁寿输气作业区积极主动配合输气管理处天府新区集输工程站场建设,作业区高度重视、紧密部署、提前介入,选派蔡景中和陈思宇到普兴分输站担任属地驻站监督,对站场合规施工作业进行把控和监管。

在普兴分输站,老蔡跟施工方争论:"师傅,你这样子怕是要不得哦!球阀铭牌上的压力等级咋个连单位都没得?这是个大问题呢,请赶忙解决哈。"

"这个压力等级单位大家都晓得,没得必要了嘛。"

"不行,我们要按照规矩办事,立刻上报整改,我明天过来就要看到整改结果。"

施工方苦笑着摇摇头:"老蔡啊,老蔡,就是这么'较真儿'的一个人,我现在就通知厂家来整改,真是怕你了。"

老蔡是8月到的普兴分输站,刚结束站场值班工作就赶了过来,一到施工现场就带着小徒弟陈思宇与施工方和监理进行沟通协调,时刻对照图纸查看工程施工进度,并将工程进度反馈上报到作业区。他给自己制定了一个计划:3天内熟悉整个站场,一周内必须做到了如指掌。于是,老蔡开始了站场的"成长记录",他把每一步、每一个细节都用相机记录下来,就像为普兴站拍摄纪录片一样,每一帧都仔仔细细的,同时在拍摄中发现问题,查找问题。截至目前,他们已经提出变更项10余处,提交了设计变更单上报作业区。对老蔡来说,自己不仅仅是监管者,更是参与者。

当问起老蔡累不累时,他猛地抬头:"这有啥辛不辛苦的,我是党员,当组织需要我时就该上,而且这就跟建设自己的家园一样,一砖一瓦,每条线路的走向自己都能摸得清楚,还真挺有满足感的。"

空闲时间,老蔡会带着陈思宇到门口的板房里学习《习近平关于"不忘初心、牢记使命"论述摘要》和《习近平新时代中国特色社会主义思想学习纲要》。这时候的老蔡格外宁静,在党员学习记录本上一笔一画认真地做着笔记。

陈思宇悄悄说道:"师傅每天都会拿出他的党员学习记录本,一边学习一边做记录,在师傅身上我真切感受到党员积极向上的态度,体会到组织带来的正能量,更加坚定了我要入党的决心。"

其实,当我们面对单位的发展时,每位党员、每位员工都是义不容辞的,而老蔡更是用实际行动告诉我们,责任与担当该如何诠释,并且带着自己独特的魄力和感染力督促着他人一同奋进。

(周思琪 喻梦珂)

非常之人

我们作业区有这么一位"非常之人",他叫刘家锦,我们都亲切地叫他"老刘"。

老刘曾说过的一句话让我印象非常深刻:"我的第一个身份是一名普通的老党员,第二个身份是一名普通的老员工,这两个身份我都非常热爱,我就是一块砖,哪里需要哪里搬。"

老刘先后在自贡作业区从事过输气工、输气站站长、财务会计、出纳员等关键岗位工作,2018年由于工作需要,又从事土地管理、电力管理、基础工作管理、员工培训等工作。

如今这个时代,很多岗位都是专职专岗,但更为稀缺的是一些多元化的复合型人才。老刘工作适应力强、心理素质佳、专业技术能力过硬,面对难题思维开阔、见多识广,不拘泥于小节。

他先后参与了集团公司《中国石油天然气集团公司职业技能鉴定输气工种标准及鉴定题库(2009年版)》修订编写工作以及输气管理处2018年新编《输气工题库》的编写工作。曾积极投入到作业区各输配气站《站场管理手册》和《操作手册》的修订工作。在输气管理处基础工作检查期间,举一反三及时对发现的问题对照整改,在各个方面不断献言建策,使作业区基础管理工作取得进一步提升。

无论工作地点在哪里、岗位如何变化,他始终坚守一名共产党员入党的初心、立足岗位,始终如一地扎实工作、敬业奉献,毫无保留地传递一名老党员、老员工的光和热。

在老刘紧锣密鼓地接手土地管理工作以后,面临的是许多难啃的"硬骨头",就拿西南油气田公司督办项目——中央企业公司制改制30宗土地变更工作来说吧。其中就包含1宗"特殊"净地,因测绘时发现土地证证载地址与实际地址不符，原证为四川省国土资源厅办理，导致自贡市不动产登记中心和富顺县不动产登记中心均不受理。

老刘认真思考该如何解决，他不辞辛苦四处奔走，到现场核实属地，进市、县民政局询问区划变迁，跑属地国土部门档案室调档案资料，到富顺县档案馆查阅政府批文档案，最终确认此宗地为富顺县属地且有正式批文。经过与富顺县自然资源和规划局等相关部门多方协调，最终富顺县不动产登记中心受理了办证登记。

从事管理岗位工作一年多以来，他积极参与完成了西南油气田分公司督办项目——宜宾柏溪生活基地89户职工住房不动产证的办理；解决了作业区多年历史遗留问题——永安阀室及放空区退款工作，为企业收回宗地成本返还款11.7万元；参与威远—江津和威远—乐山输气管道工程地方协调工作，完成作业区所辖点站维稳综治资料属地公安机关报备及"警企携手、共建平安"治安联防报警点机制；全面完成中央企业改制涉及在高县、南溪区、江安县、威远县和自贡地区共计30宗土地、10宗房产的变更工作，受到上级领导和主管部门的高度表扬。

老刘曾对我们说："工作就像跑马拉松一样，获胜的关键不在于瞬间的爆发，而是在于途中的坚持。"唯有真正的热爱，才能长久地坚持。有的人不一定比别人更聪明，也不一定比别人更优秀，但他们一定比别人更坚持，他们身上一定散发着对工作、对生活源源不断的热情。

（曾　艳）

别样的青年突击队

在相国寺储气库配套管道工程的建设施工现场,有一群每天都元气满满、朝气蓬勃的年轻人,他们就是我们的青年突击队。

"大师"赵雨佳

赵雨佳,很多人乍一听应该是一个女孩子,但其实他是一名很有干劲的青年突击队男队员。之所以称呼他为"大师",是因为他在任何困难面前从来不退缩。在铜梁压气站建设施工现场,他负责设备调试、测试、检查以及现场流程倒换和操作。在测试设备时,由于当时站场并没接通电源,球阀的开关只能手动操作,频繁的开关阀门配合调试,一天下来,赵雨佳胳膊酸了,腿也麻了,但是脸上却始终挂着笑容。看着压气站一天天的变化,他觉得非常有成就感,累点、苦点也是值得的。

"最佳第六人"代华翔

他是一个95后,却很少在他身上看到95后的影子,给我们的直观感觉,这个95后很成熟,很稳重。守阀室、听球、配合倒流程、验漏点……只要哪里需要,他就会出现在哪里,是一个不折不扣的"第六人"。

2019年11月11日傍晚,天降小雨,气温逐渐下降,此时正值守在"点"上的他,略显疲惫。从早上7点到现在,他一直在这里坚守着,周边没有老百姓居住,光线很暗,地面也逐渐湿滑起来,可他仍然坚持匍在地面,生怕错过了清管器通过的时间,随着"轰隆轰隆"的响声传来,他拿起手机在群里向指挥部报告:清管器已通过进站两千米监听点。看着指挥部回复的消息,他感觉充实而满足,哪怕雨水浸湿衣裳,哪怕泥巴沾满胸膛。

"仪器小生"谢刚旭

"这是超声波流量计,跟传统的计量方式不同,更加准确,更加方便。"2019年8月26日就来到铜梁压气站支援的谢刚旭解说道,说完便拿着仪器校对超声波进变送器的压力值。在压缩机联锁控制室,密密麻麻的传感线整齐有序地排列在传感箱内,必须确保每一台变送器的准确性和回路准确性,这是仪器、仪表检定和回路测试最难的地方。1300多条回路,100多台变送器,他跟着师傅、厂家逐一测试,确保每一条回路正常且数值准确。

说起刚来铜梁压气站的时候,看着从当时初见雏形,到现在的庞大规模,很有成就感。我们存在的意义就是要让所有仪器、仪表正常运作,确保读得准、看得准、数值准。

"自控小子"王雷

对自控设置设备及阀门、ESD调试颇有研究的王雷正在自控室,跟厂方和专家一起讨论调试流程。到站上6天时间,他就已经熬了3天夜,时间紧任务重,他丝毫不敢松懈。

11号下午,顶着大雨,他们一边在外操作、恢复阀门,核对开关状态,确认就地远程状态,一边在自控室操作站控系统。不知不觉,夜已深,直到11点半,做完最后一台测试的他们,才开始享用晚餐。ESD调试时,流程更复杂,触发的条件和联锁装置更多,调试过程也必须跟生产运行配合,所以只能找间隙调试阀门,面对棘手的困难,他觉得年轻就是他的巨大优势。

年轻无极限,年轻敢作为,年轻敢担当,愿用一腔热血,守护一方平安。青年突击的队员,用别样的青春,书写着别样的人生。

(黄 然)

来自一线的"安全专家"

要说起一线安全,少不了输气生产队伍的行家里手们,不少一线员工选择不断自学精进,掌握更先进的管理思维和知识体系。这不,成都输气作业区输气站长黄泰鸿就是其中一位,2018年,他个人成功通过了输气技师考试和全国注册安全工程师考试。

热血智慧崭露头角

个子不高,皮肤黝黑,黄师傅1993年技校毕业后,带着投身祖国石油行业的热情,一头扎进忠县大池干气田的崇山峻岭之中。

站上师傅们的关心和潜移默化引导,使他感受到了石油人吃苦耐劳、勇于奉献的高尚品格,一颗躁动的心找到了安放。1994年,眼看着师傅们操作娴熟,完成了大池干气田明星气井——池34井的顺利投产,他却对自己生疏的操作和薄弱的气井管理知识感到深深不满。从此,他白天经常在采气井口和管线边"溜达",晚上在床头、桌案上学习《采气地质》《采气工程》。刻苦、认真的学习态度使他迅速成长为一名采气技术能手。

爱心引领团队进步

2007年,调入输气管理处后,他第一感觉是天然气压力变低了,自己身上的压力变大了。面对全新的输气领域,上百种输气设备,他感觉输气流程较采气流程更复杂,一个新的起点展开了。他通过拜输气技师、专家为师傅,学习现场设备故障、疑难问题处置,购买输气工教程学习理论知识等,脚踏实地地工作和学习,迅速成长为了输气专业的行家里手。

2008年玉成输气站建成投产,他成为第一任站长。他把站场设备的产品使用说明——对照阅读，不懂的问技术干部问厂家。功夫不负有心人，短短两月，他已将全站近300台设备的型号、功能和操作规程牢牢记在了心里。

2016年，煎茶输气站GD盲板密封圈变形导致无法开启，他接到电话后，以最快速度赶到现场，利用丰富的操作经验使故障迅速得到排除。2017年深夜，玉成站站控系统压力温度突发显示异常故障，系统全面报警，情况紧急，他接到值班员工汇报后迅速赶到值班室，从判断故障到处理完成用了不到30分钟……

倔强的老班长

20多年的工作生涯，他的人生从懵懂少年步入成熟中年，对石油天然气生产的认识也从无知无畏经历到战战兢兢。

成都输气作业区北内环清管通球作业现场的紧张守护、连彭线鸭子河穿越护管加固抢险工程现场连续三个昼夜的不眠不休……短短两三年时间，他参加了大小数十个施工作业的现场监督。期间，他感到在安全专业知识方面的欠缺。泡图书馆，参加网上安全培训，是他工作轮休日中一个重要的日程安排。

经过一年的努力，他顺利通过全国注册安全工程师考试，安全生产能力得到进一步提升。他个人也多次获得输气管理处技能骨干、先进工作者称号。

褪去当年的青涩，黄泰鸿一路走来，把安全紧紧握在自己手中，用汗水和智慧提升能力，筑牢安全防线，谱写职业生涯里的一曲赞歌。

（肖博雅）

清水出芙蓉

我们选择不了生命,但可以选择走过生命的方式。我们可以没有历经沧桑的成熟,但我们应该有宠辱不惊的坦然。这个世界上一朵花、一株小草、一缕微风都那么骄傲地拥有着令人感动的特质。李姐正是用细微的举动,默默奉献的精神,给我们带来无法言语的感动。

李姐,大名李华伟,"60后"的她是一名"身经百战"的输气人。1990年从输气技校毕业分配到成都作业区,先后从事通信工作、生产调度工作。2005年,李姐调到佳源公司总部担任财务工作。从调度工转行到专业性财务员,这对当时已经37岁的李姐来说确实是个不小的挑战,面对困难,李姐没有丝毫退缩,而是迎难而上,一切从零开始。

李姐买来大量的专业书籍自学,开始学习时不懂的就问同事,揪到一个问题就要问半天非得搞清楚弄明白。但不懂的太多了,问题也太多了,有的同事都被问怕了,远远看到她都躲起走。入门后有了点基础,李姐又自掏腰包参加财务培训班,这种专业的指导犹如在黑夜中的人找到了灯塔,李姐瞬时有了前进的方向,学习起专业来更是如饥似渴废寝忘食。每天来办公室最早,离开得最迟,学习的时候,几乎没有离开过办公桌,人就像被粘在了椅子上。李姐就是凭着这样一种不屈不挠的精神,一点点把"硬骨头"啃了下来。

2010年5月李姐成为抢险中心的一名"新人",但在财务工作上已是得心应手、业务熟练的"老人"了。日常看似繁杂的报销、做账、财务分析等工作,在她干起来就像是轻快的"三部曲"。来抢险中心不久就很快理顺了中心财务工作流程,还结合自己的工作经验，修订完善了中心的财务管理制度，成为领导的好助手、同事的好参谋。

在工作上干练严谨，生活中尊老爱幼，树立好家风。前些年李姐93岁高龄的婆婆不慎摔倒，在住院期间的20多天里，李姐白天衣不解带服侍老人，每天顶着骄阳出门，伴着繁星回家。20多天的操劳奔波，让本就单薄的她更显消瘦。她说："照顾好婆婆，是我这个媳妇应尽的责任，只要婆婆早日康复，辛苦点也是值得的。"

那年她儿子高考，孩子的十年寒窗，父母的含辛茹苦，那是见证一个家庭共同奋斗的结果。可李姐照常工作，没有因为儿子的高考请一天假。当孩子不负众望考取了自己理想的大学时，李姐终于欣慰地笑了。

2018年底，李姐从自己的岗位上退休了。普通的一朵花，虽不娇艳但也努力地传达春天的气息；渺小的一株草，也有春风吹又生的顽强与勇气。李姐在平凡的岗位上，始终如一地坚守着，如春花般灿烂绽放，散发着人生的芬芳。

（陈 莉）

焊花飞溅出的美丽

2015年8月,北干线大修隐患治理工程。

泥泞的操作坑,狭小而闷热的空间里,一名焊工头戴面罩,身穿皮衣,头顶着烈日,挥舞着手中焊枪,耀眼的焊花从他身边飞溅出美丽的弧线。他,就是成都管道抢险维修中心焊工付雪松。

1997年,付雪松复员分配至渠县运销部,1999年由配气工调整至维修班成为一名焊工。15年的焊接工作,他沿袭了军人的作风,在参与的国内外大大小小上百项工程建设里,经受住了南国风雨、北国严寒、夏季酷暑、冬季严寒的考验……

在特种中队里,提到付雪松,大家最多的评价便是"技术精湛,脑子勤肯琢磨、手脚勤闲不住",他所经手的焊口既美观大方,又光滑平整,每每见过他"作品"的人,无不为其精湛的技艺"点赞"。

北干线青白江不停输带压封堵施工,是抢险维修中心成立以来首次承担的大口径长距离管线建设,需要完成上下游两端105米旁通管线的安装、拆除以及新旧管线的连头任务。然而,对于付雪松最大的挑战,并不是中心的第一次尝试,而是个人技术的第一次突破——首次采用半自动焊接工艺。为了保证焊接质量和焊口合格率,付雪松接到任务后立即投入备战状态,每日起早贪黑、风雨无阻加紧训练,从熟悉焊接方案到焊接参数确认,不放过每一个关键节点。经过一个月紧张而有序的技术练兵,36道焊口一次合格,合格率达100%。

宝剑锋从磨砺出,梅花香自苦寒来。为了焊出更完美的"作品",平日里付雪松积极寻找最好的施焊角度,在狭窄的焊接空间,伴随着高温、嘈杂声,常常一蹲就是好几个小时,即便在冬天也大汗淋漓。

在中贵天然气下载工程夹滩站管线抢建工程中，60米管线需要4天内完成碰口的最后时刻，面对关键点、难度大的焊口焊接任务，付雪松主动请缨，在安全绳保护下，六七米高的堡坎边沿，半个身子悬在空中，严格控制施工工序，按照焊接技术方案认真施焊。凭借精湛技术、顽强毅力，付雪松连续作战40分钟完成焊接任务，焊口一次性合格率100%。

在多年的焊工生涯中，付雪松几乎接触了所有的焊接材质。他把每一次用不同材质焊接情况、遇到的难题和解决方法、重要参数都一一记录下来。在申报国家专利《一种优化退磁的管道链式导磁工具》时，平日的积累派上了用场。付雪松通过模拟管线带磁状态，将强磁情景再现，下料、布管对口、组对、阻焊等具体环节"步步精心"，反复的实验、对比后，将自制导磁块转化成导磁链条，达到了事半功倍的效果。

正是凭借着这种孜孜不倦和坚持不懈的精神，付雪松攻克了一个又一个焊接技术难题，熟练地掌握了手工电弧焊、氩弧焊、二氧化碳气体保护焊、纤维素半自动焊等多种焊接手法，技术越来越全面。在提升技能的同时，付雪松也将经验总结，他撰写的《浅谈纤维素焊条根焊在输气管道停气连头中的应用》《异种钢带压焊接堵漏技术》《浅谈停气连头中的焊工返修》等论文多次获得输气管理处优秀论文，2013年撰写的《停气连头中X70管线钢产生根爆裂纹的原因与应对措施》论文被《科技资讯》2013年第28期采用，同时评为2013年全国天然气学术年会优秀论文。

15年来，焊接、总结、焊接、提升，付雪松从一名普通的学徒工成长为焊接能手。面对荣誉，付雪松认真地说道："来到中心十年了，我与它共同成长，对这个集体的归属感，才是我最大的收获！"

（蒋　怡）

蒙面侠

在成都管道抢险维修中心,有这样一位侠者,年纪不大,1992年生人,却已经能在抢险中心独当一面,他就是段金伟。

段金伟给我的第一印象是个子高高的、不善言辞、有点木讷,与《射雕英雄传》的郭靖颇有一些相似。2014年北干线应急换管,成都管道抢险维修中心按指令到达换管地点,中心员工下车后一看,纷纷傻眼了,换管处位于一处水田里,不要说操作了,就是人站在上面都立马往下陷。就是在这样的环境里,段金伟是第一个下到操作坑里面的焊工,又是最后一个从操作坑里出来的,当脱下焊工鞋,里面的双脚已经被泡得发白,这也许就是成长为大侠的代价吧。

真正让我见识大侠的高超功夫,是在2016年输气管理处清管装置安全隐患整改工程石桥站球筒球阀的更换作业过程中。见识的功夫是半自动焊接,它有一个优点是不用经常换焊条,找准位置可以一直焊接下去,节约焊接时间;缺点是焊接推力大,飞溅多,需要穿着厚厚的皮质劳保用品,这种焊接方式既是对焊接技艺的检验,也需要焊工有强大的体力支持,所以大部分焊工都不愿意采取这种焊接工艺。

8月的石桥站太阳火辣,球筒球阀壁厚达22毫米,段金伟身着淡黄的焊工风衣,将自己包裹严实,找准位置一蹲就是4个小时,一个人独立完成一面DN600管道的焊接工作,当他完成焊接的时候,对面同时焊接的三位同事还需要填充2层。工程结束后,有人曾问他:"为什么都不停下来喝一口水呢?"段金伟只是回答道:"喝水需要时间,喝完水上厕所也需要时间,停气连头哪有那么多的时间让我去浪费呀。"

段金伟在工作中就是一位老实人,当焊接界面没有出来的时候,管工让帮忙组队一下,随叫随到;施工结束后,管工收拾场地:"段金伟,来帮忙抬一下脚架。"他也是放下焊枪立马就到,有同事在他耳边念叨"大家都是出差,那是管工的活,焊工别去干。"他也总是一笑而过,没有太多的言语,只是说:"大家都是兄弟,看到了就帮一下。"

抢险中心不会让老实人吃亏,段金伟在2015年荣获"优秀共产党员"、2016年荣获"先进工作者"等荣誉称号,每次在申报先进材料,办公室在筛选施工过程中照片的时候,总会犯难,很少能捕捉到段金伟的正面,也许正是由于焊工的特殊性,段金伟才被称作蒙面侠。

也许郭靖解释不了为什么明知襄阳不可守,而要独立支撑着;也正如段金伟一样,解释不了为什么只要有焊接的活从不推三阻四,按质按量完成。但他们所表现出来的行为很好地诠释了何为"侠"者。

(赖治屹)

"抢"饭

作为"80后"的我,赶上了改革开放的好年代,从记事起,好像都没有让肚皮挨饿过,参加工作后,更是三天两头网红餐厅跑一跑,祭一祭自己的"五脏庙"。

变化来自到抢险中心工作后。2014年,第一次跟着抢险中心参加工程,刚刚从管沟底下钻出来的20多名员工,在站外的小饭馆围坐起来,可能是没接待过这么多的客人,老板很手足无措,张罗下来后,时针已经指向下午3点过。10分钟后,老板热情地端上两盘豌豆尖,乡村新鲜采摘的食材,明显比成都市场上卖的鲜嫩得多,第一筷子很斯文地挑了两夹,慢慢品尝完这绿色素菜的美味,准备挑第二次的时候,桌子上只剩下了一个空盘子。

有了这次的"谦虚"后,才发现抢险中心吃饭的特点:一是爱吃饱含油脂的菜品,干活的人特别爱大油,川菜回锅肉成了每次施工现场的必点菜,可以满足干活师傅一天的体力劳动,终于明白20世纪70年代肥肉比瘦肉贵的道理。二是到了吃饭的时候,不必谦虚,饭菜来了,一定要先往自己碗里多夹一点,这顿不吃饱,下顿不知道几点钟才能端上饭碗。

多年下来,我学会一个"抢"字。我们也希望能够在馆子里慢慢地品尝,但肩上责任不允许我们这样,我们抢的是时间,是效率。能快速地完成施工任务,及时地恢复管网生产,这才是需要我们抢的,这才是输气人的抢险中心。

哪有什么岁月静好,不过是有人替你负重前行。

(赖治屹)

"山猫"的猫经

"山猫"是谁？成都管道抢险维修中心员工都会告诉你，这是管工技师崔嘉的"尊称"，面对这不知何时何处而生的称谓，崔嘉总是笑呵呵地接纳，还津津有味地道起了他的猫经：不管是白猫还是黑猫，只要能消除管线隐患就是好"猫"。

做一个"看家护园"的猫

1999年，崔嘉从内江油建技校管铆专业毕业，17年来一直与管道抢险维修打交道。既然要做一只好"猫"，首先要有"看家护园"的本领。他通过刻苦学习，先后拿到西南石油大学城市燃气输配专业大专和西南石油大学油气储运本科文凭。2009年西南油气田职业技能鉴定中心组织的油气管线安装工考评中，在36名参加高级工鉴定的人中，他是唯一一个一次性通过理论和实际操作的员工。

在他的"领地"里，实现了管理的60余台（套）设备维护保养零损坏、2000余份（次）完整的机具设备运转保养记录零差错、带领台班参加重大抢险维修工程安全零事故的"三零"目标。他所带领的班组，先后荣获了输气管理处优秀"五型班组"和优秀"三无班组"。个人收获了输气管理处"先进生产工作者""十佳青年""优秀党员""优秀班组长"等一系列荣誉。

做一个爱干"闲事"的猫

"光会抓耗子的猫不一定是好猫。"崔嘉常跟徒弟们道起他的"猫"经。下沟能操作，上沟能舞墨，12年来，他在不断提升管工技术的同时，由一名普通的管工成为了管工技师和西南油气田公司职业技能鉴定考评员。先后取得叉车、带压密封堵漏、带压开孔封堵等5个特种作业证书，成为抢险中心拥有特种作业证书最多的"全能型"员工。

在抢险作业时，他总是第一个跳下管沟，把看似繁杂、零散的管件，巧手"编织"成一件件精美的"艺术品"。在日常的工作中时，他又总爱琢磨，自主研发的管道"法兰内对口器"大大提高了抢险效率，获得了西南油气田公司"五小成果"二等奖、输气管理处"五小成果"一等奖。与技术干部一道进行技术攻关，把管道消磁机由当初的一代机型发展到了如今的六代机型，其中"一种优化退磁的管道链式导磁工具"获国家专利。组织拍摄的"APPW补强材料的实际应用"和"PDM-3型消磁仪的应用"被西南油气田公司作为管道补强技术唯一的操作教学教案。撰写了近5万余字的抢险维修技术论文，7篇论文先后在《石油天然气工业》《科技资讯》《电焊机》等专业期刊上发表。

做一只敢摸"气老虎"屁股的猫

管工长年与管线隐患这只"气老虎"打"交道"，风险程度高、技能要求高、劳动强度大，崔嘉每年平均有200余天奔波于4000余千米的管线之间。

他的台班承担了中亚天然气下载的煎茶站、汪洋阀室施工作业，页岩气下载和西南油气田重点工程；参与青白江不停输带压封堵、北干线停气整改、两佛线整改、成自泸高速方家段改线、赤水配气站站场整改建设以及成都国际会议中心用气保障等10余次大型停气连头和抢险抢建工程，从未发生过任何安全技术问题。

在花桥结垢段解卡施工现场，他带领的台班连续奋战13小时，创造了让四川油建也叹服的抢建速度。在广安通球解卡施工现场，他连续作业两天一夜不眠不休奋战，得到了地方政府和上级领导的高度好评。作为技能骨干，他先后为陕京二线抢险中心、廊坊管道抢险维修中心、川中油气矿、重庆气矿、川东北气矿、川西北气矿提供技术服务。廊坊管道抢险维修中心的一名技术负责人在得知"山猫"的由来后这样评价：你们这只"猫"不简单，是只敢摸"气老虎"的猫。

我就是一只奔波在管线上的"猫"，干的就是抓"管道隐患"这个"耗子"的活，这是"猫"的职责，崔嘉又向大家道起了他别样的"猫"经。

（熊　波）

小将挑大梁

1993年出生,带一副黑框眼镜,健谈、爱笑,常听见同事们"捷儿,捷儿"地呼唤。你不禁会想,这又是哪家的小鲜肉啊?

同事们口中的"捷儿"就是王捷,年纪轻轻,却已是工龄四年的"老"员工了,挑起输气站长的担子也已三年有余。即便是小鲜肉,也被淬炼成了真汉子。

小荷才露尖尖角

2013年,20岁的王捷走出校门,来到和他一样年轻的仪陇输气作业区,成了一名输气工。

实习期间,他异常努力,在熟悉业务工作的同时,主动融入站场管理,发现了目前站场内存在的一些问题,年底认真撰写了一篇一万余字的实习报告,分门别类地将所发现的问题进行归纳总结,并提出了自己的整改建议。王捷的努力让他在同龄人中脱颖而出,2014年4月,实习期满,王捷成为了龙岗输气站的站长。

王捷感到幸运,同时也感到沉甸甸的压力。2014年7月,龙岗输气站即将迎来输气管理处基础工作检查。这是一件大事,但带领站场迎检,自己还是头一遭。他有些虚,但使命在肩,硬着头皮也要上啊。

"幸不辱命",检查结束后,王捷仍然记忆犹新。多少次挥汗如雨,多少个夜以继日,实现了"金牌班组"的光荣与梦想。王捷心中的石头终于落地了,他躺倒在倒班房的床上,心想这一切都值了。

雄关漫道真如铁

"先进个人""金牌站长""油气田公司金牌站场"……2014年

至 2016 年，王捷和他的班组先后获得了西南油气田公司、输气管理处等各级荣誉十余项。

前途是光明的，然而道路是曲折的。一路狂奔，荣誉加身，也有挫折随行。

2014 年底，时任龙岗输气站站长的王捷，在与川中油气矿龙岗净化厂进行气量核对时，由于数据小数点录入错误，导致两家单位气量核对不一致，受到领导的批评。这让他有些沮丧，担任站长这大半年就像坐过山车，才登顶"金牌班组"的波峰，现在竟然在一个小数点面前栽了跟头。经过这次教训，他深深感到，光有干劲、冲劲是不够的，干工作，讲究胆大心细，自己还需要修炼内力。

2017 年，输气管理处启动了第三届"十佳班组长""优秀班组长"选拔活动，已经在输气站长的岗位上磨炼了三年的王捷主动报名参加竞选。他懂得成长需要历练，而机会是给有准备的人。

备战的辛苦自不必说。高手云集的"技能江湖"，群英荟萃，各派争雄。他们有的是资历深厚的技师，有的是经验丰富的名将，还有的是出类拔萃的实操能手，24 岁的王捷颇有些"孤胆英雄"的风范。

他决定全力以赴："和优秀的人在一起，才能变得更优秀。"经过近半年的层层选拔，牺牲了无数双休和节假日，王捷在此次评选中获得输气工综合第九名的成绩，被评为输气管理处"优秀班组长"。

"没有争取到'十佳班组长'，有遗憾，但不后悔。这次比赛让我见识了天外天，人外人，收获很多。今后的路还长，年轻人嘛，怕什么。"王捷如是说。

长风破浪会有时

2015 年，由于作业区站场调整，王捷暂时被安排到生产运行办公室配合工作。在积极参与完成站场、阀室的检维修等生产任务的同时,他将自己参加技能竞赛和选拔活动经验进行总结,在轮班培训期间和其他员工进行交流共享。

他全身心参与作业区员工培训工作,配合各办公室编写了《新员工标准化培训评估手册》,并在培训课堂上当起了老师,带上了新兵。

大学生技能技术竞赛,他当仁不让成了作业区的实际操作教练员,用自身的参赛经验和杠杠的实力水平现身说法,为参赛选手们"把脉问诊"。

从普通输气工到优秀班组长,从新兵到教练,从单一的技能操作到参与作业区站场管理,王捷用四年时间完成了一次实力蜕变。

(钟雅璟)

我的站友们

"一花一世界,一树一乾坤",这句话道出了平凡的极致,告诉了我们人生的最高境界便是由平凡到不平凡。在威远输气站就有着这么一群人,凭着一颗颗不平凡的心,在岗位上恪尽职守、高效高质、执着追求、不断超越,让自己的人生在平凡中"秀"出精彩,并以他们的智慧和汗水续写着一个个输气人的故事。

"95后"的小麦同学,像五月的暖阳,青春充满朝气。她是五个人中年龄最小的,工作时间不长,做起事来不仅认真严谨,还显得很老练。她是威远站的小小资料员,更是站长的得力助手,新建站的资料不完善,她每天干的最多的事情就是坐在电脑面前,一遍一遍地梳理,尽自己的全力把站场的基础资料做到更好。

再说说晋晋,她来到威远站的时间最短,工作能力却是毋庸置疑的,干活永远是最麻利的那一个。从业7年来她参加过无数次比赛,也拿过无数次奖章,但却从未停止向前的步伐。工作中的她利落洒脱,生活中的她亲和细腻,用灿烂的笑容感染身边的每一个人,她还是我们站的大厨,每天变着花样刺激我们的味蕾,让我们在美食中疯狂享受。

苏哥是我们站最年长的一位,为人低调,脾气温和,不善言辞的他总是默默地承担了站上的重活脏活。他还是我们的技术担当,不论是设备操作,还是处理疑难问题,都有他在左右保驾护航,让我们感觉特别得踏实和安心。

作为我们的老大——蒋姐有着最严谨敬业的工作态度,她用最严格的工作标准约束自己,用她对输气岗位的执着感染着我们。尤其是2019年的QHSE站场标准化检查,在蒋姐的带领下,虽然过程很辛苦,但是结局很圆满,这些都和她有条不紊的站场管理密不可分。

跨越而立之年的最佳状态,脾气好是我最大的优点,作为退伍军人的我,依然保留着部队根深蒂固的作风:一切行动听指挥。在工作中我就是一块砖,不管是工艺区干活还是厨房当墩子都有我的身影,更重要的是我还是威远站的"网管",这就是我,不一样的烟火。

这样一群性格迥异却志趣相投的人值守在威远站,组成了一个温暖的大家庭,或许我们的工作岗位平凡渺小,或许我们的日常工作微不足道,但我们坚信:只要我们勤奋努力,一样可以让青春在平凡的岗位上闪耀光芒。

(朱凡勃　麦寒露)

我的轮班生活

又开启了新一轮的上班模式。每当到了临走的时候,母亲总会竭尽所能把她能想到的我所需的所有物品和配件准备齐全,让我在生活上毫无后顾之忧,只需做好本职工作。

经过长途跋涉,顺利到达金山输气站,整理好行李过后,将状态迅速调成工作模式。站长古宇这时已经在值班室忙碌了起来,因为明天施工作业人员即将到站施工,所以他提前开始检查起了作业许可票及 JSA、特种人员操作许可证等一系列需要属地监督做的工作。

我和其余几位同事检查核对好计量参数、压力报警参数、交接班资料过后,便听到站长古宇开口道:"明天将有施工人员到站更换站场高杆灯及走廊灯,会涉及吊装作业,当班人员值守值班室,其余在岗人员一人蹲一个施工点,预防期间隐患的产生和不必要事故发生,确保施工期间安全平稳输供气。"

翌日,施工人员早早地来到站门口等候,我们一边对进站人员进行登记和拍照,确认其劳保正确穿戴,符合进站条件;一边对照《工器具设备安全手册》对吊装车辆和特种作业人员例行检查,确保吊装车辆符合标准,特种作业人员具备相应资格证。都一一检查完后,施工人员才进站开始作业。

"师傅,你这样怕是要不得哦,要把旁边的房子压垮,也容易伤着人,怕是要弄个牵引绳牵引着,避免到处晃。"站长古宇操着一口正宗的乐山话,对着正在吊装党建室旁的那根最高的高杆灯的师傅说。

"吊臂下面也不要站人,容易发生事故。""师傅,要确保线路是否断电,避免发生触电事故。"徐洋和徐嘉威及时提醒道。

而我,在值班室有条不紊地核算着用户日气量和月累计。金山输气站的每一位员工,各司其职,日复一日,年复一年,用他们对工作的严谨态度,即使在艰苦的环境中,也用责任承载着发展重任,确保站场在有施工的情况下,也能安全平稳输供气。

这不只是金山输气站每位员工的本职工作,也是每一位输气人的本职工作,他们无时无刻不在用自己的行动丰富着输气文化的内在意义,不管条件有多么艰苦,都在默默地为社会发展做出贡献。本着不忘"我为祖国献石油"的初心,将输气文化深刻地镌刻在人们心中,全力打造"安全平稳输供气"品牌建设,创造出更大的社会价值,这也将伴随着企业文化走向更长远的发展。

(杨 旸)

"胖子"何苦为难"胖子"

"你再继续胖下去,看以后还有哪个男孩子喜欢你!"

"别啊师傅,我这不是注重心灵美嘛?而且您还不是……"

"长得丑谁还会注重你心灵了?马上出门锻炼去,说好的年轻有活力呢!"

"您……刚刚……是说我长得丑吗?"

运动中。

"小妹儿,我给你讲以前我在部队的时候,特别有意思……"。

"师傅,您还记得您刚刚说我丑的事情吗?"

然而师傅并没有理我,继续说着他在部队里的、我听了无数遍的"英勇事迹"。

"你知道为什么我们现在那么在意运动吗?"话锋一转,师傅一脸严肃地看着我。我居然被这突如其来的正经给怔住了,摇摇头,等待着心灵鸡汤的浇灌。"因为这是个看脸的社会啊,哇哈哈哈哈。"拂袖扬长而去,留下我一人在风中凌乱。

"师傅,您可能会失去我这样一个集美貌与才华于一身的好徒弟!"

第二天。

已到下午了,美好的时光总是短暂的,又快到晚饭后的运动时间了,享受"最后的晚餐"吧。

"晚上咱们吃什么呢?"

"我点我点,小煎鸡,肉末茄子,甜蜜西红柿,再来一个丝瓜蛋汤。咋样?我这菜点的到位不到位?"我搓着双手,一脸狗腿相地望着师傅。

"行,那就来个拍黄瓜吧!"

我和师傅的情谊仿佛又走到了尽头。

晚饭中。

"我说大神们,您两位是去算命说肉多挡财运吗?怎么想着锻炼了呢?"我吃着清淡却也很美味的饭菜,有一搭没一搭地说。

"因为这是个……"

"看脸的社会嘛,除了这个呢?"我连忙打断。

"唉,现在不比当年愁吃愁穿,像我们这样年纪越大才越能感觉到身体的重要。身边有好多朋友,几天前还活蹦乱跳的,晒旅游,晒美食,但那绝症说得了,可是不会开玩笑的。到了那时候,再说锻炼身体就来不及咯。"师傅一口干了碗里的汤。"所以不想给自己以后留遗憾,我还想多活几年呢。哈哈哈哈。"

"师傅一定会长命百岁。"

"就你嘴甜,你们年轻人也别仗着自己有资本去挥霍,从现在就开始健康生活的话,"我点点头,期待着下一句的美好展望,"你才会瘦下来,才会找到帅气的男朋友。"

"胖子何苦为难胖子!"

今后的井研站,夏意盎然。

(周思琪)

雨后巡线

2019年6月18日,天放晴了。

早上7点,邓磊和外委工万啟成背上巡线包,从万州区高粱镇出发开始了一天的巡线工作。

"这雨下了一天一夜,不晓得线路上是啥子情况。我们今天走南万线B845-B721,主要巡查一些容易滑坡的地段。"邓磊跟万啟成交代今天的巡线内容。

南万线B845-B721长10千米,线路以山地为主。其中一座名叫介石梁的山梁海拔达1400米,山里植被茂盛,闷热潮湿,雨后显得更加湿滑,走不了多一会,邓磊满头大汗。

"管线就从介石梁正中间翻过去的,这段管线我们都要走5个多小时,中途再休息下,7个小时跑不脱,一般人估计要9、10个小时。"说起管线邓磊打开了话匣子,大嗓门,一口浓重的泸州口音,俊朗的脸上带着些许骄傲。

邓磊2008年从部队转业后到梁平输气作业区,在梁平安了家,如今已是两个孩子的父亲。十几年的管护工经历,让他原本白净的脸庞变得黢黑。

万啟成是2018年3月份新加入的外委工,邓磊每走一次线,都不厌其烦地跟他交流。本来就崎岖不平的山地在雨后愈发变得泥泞,走起来也更加不便,长势喜人的玉米、一些叫不上名字的杂草,都成了他们巡线路上的障碍。

2小时后,两人走到万州区高粱镇大碑村B810处。不远处,大碑村通组公路硬化工程过段时间将要开展。该工程是民生工程,为改善农村道路通行条件,助力脱贫攻坚,经与镇、村协调对管道进行管涵保护,施工现场离管线约400米。

"老罗,你们还早嘛……"邓磊远远看到了现场负责人罗永才,打着招呼。

"你们不到场我们是不敢动哟,你看嘛,材料都运来了,码好了,你们一声令下才动工。"老罗连忙走上来,给邓磊戏谑着。

"这些就是我们巡线的重点,要监控好,"查看完现场的情况后,邓磊开始跟万啟成"传授"经验。离开大碑村,两人找了个平地,打开巡线包,拿出随身带的干粮,就着矿泉水,邓磊、万啟成简单地吃了午饭。

下午2点,他们走到南万线B730处,这里属于开州区长沙镇谭银村。几百亩的药材种植基地正忙着平田整地,"这里属于山地,开发难度大,我们主要监控防止使用机械开挖,人工种植是没有问题的。"万啟成认真地听着邓磊传授,不时还拿出随身小本本记上几个字。

"我们抓紧点,还有5千米,争取六点能回去。"看完谭银村的药材种植基地,看着时间还早,两人打算再往前走一段。

谈笑间,邓磊和万啟成又上路了。

(周 蓉)

指尖上的舞蹈

提起实验室,脑海难免浮现出冰冷的玻璃仪器,各种稀奇古怪的仪器仪表,闪烁着奇异微光的指示灯,以及那挥之不去的化学品气味,久久弥漫于各个角落。一个个穿着大褂的怪咖,挥舞着诡异的小棍,穿梭于神秘的烟雾中。

而在一个一线分析员的眼中,那熟悉而亲切的实验室,却有着另一番风景。

一个小小的实验曲线制作,如同一场迷人的舞台剧,需要构思、准备、运作,最后勾勒出完美的乐章。不同别的,这只是一个人的演出,需要全神贯注,沉浸,陶醉……

根据平时的数据资料,敲定出演出方案,内容要贴合实际,不能小众。一个成功的实验工作曲线,需要完备的构思,一台完美的舞台剧也需要一个出色的编剧。

马上进入剧务的角色,移液管、容量瓶、烧杯这些"服装道具"是必不可少的。喂,那几个比色皿"首饰"到底有没有选好啊?各部门配合一下,马上进入状态。

主演刘鸿出场了,一个翩翩舞者,挥舞着她的水晶棒,唤醒所有的冻物,赋予灵性,回归自然。这场演出,重在手指的拿捏,掌握。她灵活、生动地导演着一切,试剂顽皮地伴舞,不时升起一缕青雾,宛如幻境,又活泼灵动于眼前。从每一次细致入微的定容,可以看出舞者深厚的功底,每一次准确无误的药品滴定,可以觉出舞者娴熟的技艺。别小瞧那简单的滴定操作,其中的讲究还很多,弹指之间,颜色骤变的动人色彩,是舞者眼中最美的虹。当真是台上一分钟,台下十年功啊。

最后,一串串数据扭转出跳跃的音符,谱下醉人的乐章。一段精彩绝伦的舞台剧落下帷幕。

没有掌声,但已充满成就。汗水变得晶莹,映照着她动人的脸颊,满意的笑。

结束,这一场指尖的舞蹈。

(高梦溪　张圣兵)

挥挥手不说再见

"老邱,听说你下个月就要退休了,我们真舍不得你走呀。"2015年1月26日,核查完气量的云天化调度员小张在电话里说道。

小张在电话中提到的老邱,名叫邱发文,是自贡输气作业区安边输气站的输气工。

"是呀,要退休了,我也舍不得你们,40年了,这记忆的片段也在不断涌现。"邱发文深有感触地说道。

我要像师傅一样能干

1975年,当了三年知青的邱发文,被招工进了输气管理处,分到青白江输气站当学徒。从此,他和天然气结下了不解之缘。

"第一次到输气站,听见管子里咿咿的气流声,心里很害怕,听见放空的声音真想撒腿就跑。"40年过去了,当年的场景,邱发文历历在目。

邱发文的师傅叫张坤华,是输气管理处第一代输气技师,技术上在全处也没得说。"将来我也要像师傅一样能干。"邱发文默默许下愿望。

白天,他跟着张坤华边学边干,不懂就问;晚上打着电筒在被窝里看为数不多的资料书,不懂的地方,记在小本子上,第二天问师傅。经过两年的钻研,邱发文顺利通过了转正考试。

1979年,已在付安队工作的邱发文,因工作勤奋,被队领导选中,作为"五大员"中的文化技术教员来到了安边站,这一去就是近30年。

1982年,输气管理处举行技术比赛,邱发文第一次参赛,就获得了"技术尖子"称号。"当时可把我高兴坏了,我把比赛奖励的收音机寄给父亲了。"

随后,邱发文一发不可收拾,参加了20世纪80年代几乎所有的技术比赛,获得了"技术尖子""技术能手""新长征突击手"等荣誉。1996年,他终于像师傅张坤华一样,被聘为输气技师,2005年晋升高级技师。

站长带高徒

1986年,邱发文担任安边输气站站长。

作为站长,不但要个人技术好,还得师带徒,培养技术骨干。回忆自己的徒弟们,邱发文滔滔不绝,有蓝眼珠的维吾尔族小伙卡哈尔江;也有后来成为领导的东北人刘宁;还有在集团公司比赛获得单项第一名的关门弟子刘川……

不过,众多徒弟中,邱发文印象最深的是温传平。

1998年,温传平从部队转业被分配到安边站实习。"相处几天发现小伙子老实、勤奋、好学,感觉像当年的自己。"邱发文说,他选派站上动手能力最强的吕建明,作为温传平的师傅,自己负责给他讲解理论知识。两师带一徒,温传平的技术水平提高很快。

2001年,输气管理处重组后举行首届技术比赛,邱发文力排众议,顶着压力举荐还是初级工的温传平代表宜宾运销部参加比赛。除了邱发文谁也没想到,初出茅庐的温传平一路过关斩将获得了亚军。两年后,温传平又参加了西南油气田公司的技术比赛,站在了亚军的领奖台上。

2007年,温传平被聘为技师,后来,又评为西南油气田公司劳模,聘为输气管理处高级技师、技能专家。

"看着徒弟取得这些成绩,心中有说不出的高兴,我师傅是技师,我是高级技师,徒弟是技能专家,总算对得起师傅,自己也问心无愧了。"

陪病妻一起慢慢变老

邱发文把心思放在工作上，对家始终有种愧疚。谈起妻子，他的表情迅速黯淡下来。

年轻时，爱订杂志看书的邱发文引起了给站上送报刊的邮递员的注意，后来，邮递员把自己的堂妹张正琴介绍给邱发文。

1981年，邱发文和张正琴结婚。"我老婆是个思想传统的女人，结婚后，我从没进过厨房，几十年来，生活上一直是她在照顾我。"

2013年，妻子被查出患有肺癌。

邱发文陪同妻子经历了6次化疗、40多次放疗，为妻子寻遍了各种偏方，看着妻子日益斑秃的头发、眉毛，邱发文暗暗发誓一定要让妻子开心过好每一天。

这两年半以来，邱发文下班后，便担起了家里的一切家务。从一道道菜开始学，共计学会做了70多道菜；陪妻子散步、看电视时，身上总揣着小本，里面记录了100多个小笑话，用于逗乐妻子。

"1月29号最后一个白班、30号最后一个夜班，就正式告别安边站了，"邱发文扳着手指说，退休后最大的愿望就是照顾好妻子，陪她一起慢慢变老。从他表情上能看出对坚守了数十年的场站依依不舍，也有卸下工作重担，回家照顾病妻的欣喜。

邱发文与众多输气人一样，在平凡的事业、平凡的岗位上，以热情坚定的执着、无私奉献的心灵，默默讲述着朴实无华的忠诚，以及对平凡岗位的眷恋和难舍的输气情怀。

（杨　珂）

一盏心灯

外公已经走了快两个月了,但每每回想起他,浮现在我脑海的,一直是他生病之前坚强刚毅的形象,还有他常常教导我们这些晚辈的一句话——"苦以励志、勤以养德、和以齐家"。

六十多年前,外公外婆把这句话作为持家育儿的理念,六十多年来,这句话也一直潜移默化地影响着我们三代人,让我们在富足中不忘节俭、在平淡中不忘奋斗、在舒适中不忘感恩。

第一代:相濡以沫走过一生

20世纪50年代,刚从部队转业的外公,参加了川中石油会战。外婆在合江的一所小学教书,夫妻俩很难见上一面。一年春节,外婆颠簸了三天来到井队探亲,看到外公身上的泥水都快结冰了,双腿也冻得发紫,手上的口子裂开了一道又一道,上面还有厚厚的血痂。

外婆心疼得说不出话来,拉着外公的手直哆嗦。外公却兴奋地指着山上那口井说:"看,这口井是我打的。"说完,一边把手往背后藏,一边安慰外婆:"我们都这样,咱当过兵的,什么都不怕。"可是,从那以后,外婆却很少再来工地。外婆说,不去了,去了心疼。

见面少了,家书成了他们唯一的牵挂。有一次,外公的信沉甸甸的,除了对孩子们的叮嘱,还有两张奖状和一幅毛笔字:苦以励志、勤以养德、和以齐家。

常年的分别,却因为这一句持家育儿的共同理念,将他们紧紧地拴在一起。今年,外公离开了我们,离开的时候,外婆搂着骨瘦如柴的外公一直不肯松手。最后,她把外公送她的戒指戴在了外公手上,嘴里念叨:"说好了,下辈子还要找到我。"

第二代：相依相伴大半生

20世纪70年代，老爸老妈成了第二代石油人，在百面红旗单位合江一待就是20年。他们结婚的时候，外公把这句话送给了老爸，老一辈石油人的奋斗精神，通过这句话，传递给了我父辈。老爸是成都管道抢险维修中心的一名司机，中心工程多，常常顾不了家。

我曾在重庆的一处施工现场和老爸碰了面，当时我是宣传干事，手拿相机记录工程进度。直到今日，我都清晰地记得当时的情景。我以为，老爸到了现场就可以喝茶休息了；我以为，老爸会自觉地心疼自己的"老腰"。可是，我看到他的时候，他却满头大汗穿梭在40多摄氏度的野外，跑前跑后忙活着。看着他被晒得又红又黑的皮肤，满头的大汗，满手的油污，我鼻子一酸，竟无语凝噎，忘记了举起相机，甚至忘了喊一声"爸爸"。

他满头大汗的那个画面一直定格在我心里，多年来，我拍过上千张图片，但这一张，是唯一一张我没有按下快门，却深深保存在我记忆里的画面，也是最让我感动的画面。

"红旗车手""百万公里驾驶员""老石油"，老爸拿的奖状不少，但长期出差，妈妈的怨言也不少。不过，每当妈妈想起这句话，她就明白，老爸是靠得住的，家和才能万事兴。

第三代：双城生活有滋有味

如今，我和老公也穿上红工装，成为了油三代。爸爸把这一句教导又传递给我们。结婚7年来，我和老公总是聚少离多，老公始终在离家最远的地方。

双城生活，很辛苦。有一次，儿子发高烧、上吐下泻。父母去照顾生病的外公，我一个人照顾儿子，白天晚上连轴转，那个时候，我多么希望他能在我身边，哪怕帮我倒杯水也行啊。可是，当时正值一个重要工程建设关键期,作为属地管理的他不能离开。看着小脸蛋烧得红彤彤的儿子,他也只能在视频那头给儿子加油。

双城生活,苦中也有甜。每次回家,他都尽可能多的陪伴儿子,减轻我的负担。他说:"周末我就多做点,你好好休息吧。"他轻描淡写说出这句话的时候,我却感动得一塌糊涂。

两地分居,这不仅是我的常态,也是石油人的常态。从小耳濡目染石油人的辛酸和勤奋,对于这源于石油人的一纸家训,我们也理解得更为深刻。先进工作者、优秀共产党员、五好家庭,我们没有辜负父辈的期望,而这一句话,仍在继续鼓励着我们携手前行。

总有一天我们会像外公一样离开,我们能为后代留下些什么呢?我们无法陪伴孩子一生,但好的家风,却能够不知不觉滋养孩子的思想,陪伴他的成长。苦以励志、勤以养德、和以齐家——我相信,这句话也将作为儿子生命里的一盏明灯,伴着石油人的血脉,指引他一路前行。

(夏白鹭)

"女汉子"山青

生活区里,她拍得死蟑螂,砍得断骨头;工艺区里,她搞得定设备,干得了粗活。在西南油气田公司忠县输气站,站长——"女汉子"山青的存在,让员工们少不了要吃"苦头"。

这不,2014年5月26日一早,山青就带着徒弟王杨进入工艺区巡检。鹰眼一样的山青,发现碎石路面上又冒出一些嫩草,招呼徒弟一起拔掉。王杨一翘嘴:"昨天不拔过了吗?"山青说:"昨天下了一场夜雨,草长得快,偷一下懒,草多长一寸。"

"师傅就是这样严厉,"王杨说,"她的眼里容不下沙子。"

很快,路面干净了。对徒弟的评价,山青不怎么认同。她说,不能叫严厉吧,这只不过是按照场站管理标准在做事,在站里,如果连起码的标准都不能执行,还不如回家抱娃娃。

说起标准,山青颇有感触。前些时候,站上来了个实习的技校女生,啥都好,就是习惯不好,寝室里的垃圾桶"冒"出老高也不肯倒掉,个人卫生搞不好,管道能清洁得了吗?而执行标准好的员工,袜子洗得干干净净,衣服叠得整整齐齐,这样的寝室,看一眼都觉得舒心。

上周,站上搞了一次应急演练,倒换流程时,王杨一切按照标准进行,但在开阀门时,没有观察上下游的压力便直接打开了。这个细微的动作,被眼尖的山青留意到。她一下就急了,提高嗓门:"平时学得挺好的,怎么实际操作时就忘了,标准打了折扣,损坏阀门、造成堵塞怎么办,岂不会全乱了套?"

作为作业区唯一的高级技师,山青前前后后带了20多个徒弟,每个徒弟都把标准记在心里。站上管理、设备保养、资料记录……每月评比都位居作业区第一。

山青的儿子杨世杰在仪陇作业区开车。不过,儿子"压力山大"。他不愿意别人知道自己的母亲是山青。因为,在他眼里,母亲太优秀了,他怕自己不留神给母亲抹黑。

"女汉子"也有柔情的时候。作业区技术干部杨庆宁说,2007年忠县输气站改造时,她忙着搬迁、调试自控设备,顾不上吃饭。山青看在眼里,一个人默默地动手包好抄手,煮好后端到她面前。现在想起那碗抄手,心里就暖暖的。

2014年除夕,值班员工不能回家团聚,大家决定吃一顿火锅迎接新年。山青调制出麻辣味,买回大伙最爱吃的菠菜、折耳根、海带、鱿鱼……吃着吃着,大伙的眼睛湿润了,山青不吃辣呀……

90后唐瑜蔓在实习前就听说过山青的名号,知道她"凶",但是,实习一段时间后,她感受最多的,是山青的细致和干练。有一回,小唐遇到生理期,但每天都能喝到山青兑好的红糖水。"以前从没离家这么远",小唐哽咽着说,山站长这么贴心,如果要她重新选择,她依然会到这里。

(彭桂琼)

第三辑 那是你的模样

总以为日子越来越淡
面孔越来越模糊
某一天的蓦然回首
发现,我们始终未曾分离
心有笃定,终有远方
那些模样,亦有光芒

婚礼上的"肉肉"

5月底,在朋友的婚礼上,主持人热情洋溢的赞美,新人山盟海誓的表白,亲朋好友发自肺腑的祝福,绚丽的灯光、温馨的花束、丰盛的餐桌……交织成了一场传统婚宴的喜庆。闲暇之余,邻座娃娃的眼光却总是偷偷在餐桌上寻觅着什么,我好奇地望着他。他脸一红,悄悄地把嘴伸到我耳边,神秘地嘀咕了一句:"叔叔,怎么没有糖糖呢?"我这才注意到,桌面上没有我们传统的喜糖,取而代之的是一盆盆精美的小植物——"肉肉"盆栽。我笑着对孩子说:"你理解新郎和新娘的用意了吗?用盆栽取代糖果,这是他们送给大家一份更有心意的礼物。"孩子忽闪着水汪汪的大眼睛,似懂非懂地点点头。

回到家,我和妻子郑重地把婚礼上得来的两盆"肉肉"摆在了电脑前最显眼的位置,隔几天再小心地给它浇上一点水。这几天,不论是在电脑前苦思冥想地"爬格子",还是上网冲浪时,甚至是不自觉地摸出香烟时,一看见桌上长势喜人的"肉肉",我都眼前一亮,再下意识地将香烟放回烟盒中。

古诗云:"随风潜入夜,润物细无声。"一对新人独具匠心的"喜糖",温馨地给了我们"践行绿色生活"的小提示。

(聂 华)

拜托圆月

1998年,17岁的我在重庆的大山中实习。守着静静的采气树,录取油压、套压,用求积仪拉双波纹卡片计算气量,日复一日。

那年9月,沿着崎岖颠簸的石油路,目送一拨一拨的同学分批到了实习地。又不知爬了几个坡,绕了几道弯,拐过一大片竹林,车终于停住,一条黑狗冲出来,围着车奔跑狂吠。成27井的偏远超过预期。

明黄的采气树如定海神针般稳稳扎在井场中央。值班室中心,双波纹管流量计似乎永不知疲惫,静压指针走过的蓝色轨迹平稳安静,差压指针划出的红色轨迹明艳跳跃。

集市在20余里山路外,坐过一次火三轮回井场,那才是生活版的过山车,觉得五脏六腑都要被抖出来了。从此,5人轮流买菜,老老实实地走上一个半小时山路赶场,再嗨哟嗨哟背一背篼菜回站。既锻炼身体又节约车费。

常去老乡家买咸菜,主妇们都很大方:"这个买啥子买嘛,拿去吃!"我们不好意思,给孩子留下几个苹果。色泽金黄的咸菜切细,和肉末、辣椒一起炒成臊子,炒饭、下面都很巴适。

暮色四合时,后山近70岁的王大爷会来到站外,从荷包里摸出两个热气还未散尽的鸡蛋,卖给我们换点零用钱。老人收好那些块币,身影浸进夜幕:"等鸡生蛋了,我又给你们拿下来!"

偶尔帮井场做点零工的杨孃孃知道我们喜欢吃烧红苕,冬日,天还麻麻亮,宿舍的玻璃窗被轻轻敲响:"妹儿,我烧早饭时,捂了两个烧红苕,放在窗台上哈。"山中冷冽,但和舍友窝在被子里吃烧红苕的时光却是无比温暖惬意。

站长别号"刘摩托",钓鱼技术名动井站四方。善钓者亦善烹。跟着他，我们常常打牙祭。下午才从水库里钓起的几根大乌棒被片成薄薄的雪白鱼片，在干海椒、大蒜、花椒、老姜等佐料熬制的红汤中翻滚。三指宽的鲫鱼被剖开用牙签撑平，码上佐料，用喷香的菜籽油炸得金黄酥脆。月上柳梢头的时分，全站人围着两大盆火锅鱼、两大盘油酥鲫鱼大快朵颐。食物如此鲜香，柔柔月光下，祭好五脏庙的小青年，一脸享受。

山里水果多。春天樱桃管饱，夏天橘子管够，走到老乡家里，两毛钱一斤脐橙随便选，大大的柚子挂在树上，一块钱一个，看上哪个摘哪个。下水库摸螃蟹，上树打板栗，生活琐碎，却有滋有味。

青春岁月怎能缺少歌声。那时，没有洋气的 MP3，舍友喜欢窝在被子里塞上耳机听随身听，我则喜欢在晴朗的午后，端凳子坐在井场的空地里，看草长莺飞，看群山起伏。录音机音量调大，《以吻封缄》《卡萨布兰卡》，美丽的旋律在山中流淌。黑狗在旁边的草丛里打滚玩乐，男生们把井场大铁门当作球门，苦练射门角度。蓝天白云，日子悠悠。

深秋的某天，师傅们都下山参加考试。晚上，突然变天，雷电交加，暴雨如注，山里又停电，场面有些吓人。不知是谁提议，大家轮流跳上井场的石头乒乓台，放肆淋着雨，大声唱着歌，这种氛围里，唱着唱着，竟然都泪如雨下。漆黑深夜，没有了思乡的月光做引子，大家却都格外想家。

离开大山已经 14 年，不断经历新的人和事，与同学、师傅们的联系日渐疏远，14 年光阴的打磨，内心似乎已经日渐粗粝。

据说，月光能照进心底最柔软的地方。

佳节将至，拜托圆月，给远方你们送上深深的想念和暖暖的祝福，拜托如水月光，适时照进岁月，让被时光打磨得迟钝的心柔软依旧，敏锐依旧。

（张慧敏）

从"打牙祭"说起

1978年,我还在上小学四年级,住的土墙房,当时只上半天学,下午回家干农活,一天只吃两顿饭,一个月能吃上一回肉"打牙祭"就要高兴惨。

家里杀年猪是要给公社送硬半边的(有猪尾巴的那半边叫硬半边),有鸡鸭狗猪病死或溺死或疯了被打死,则成了我们的牙祭,味道很好,根本就不用考虑有无传染病,事实上也没得传染病。

冬天最喜欢裁缝来家里做新衣服,因为可以有牙祭打了,运气好还能缝上新衣服。上面有两个哥哥,我常捡哥哥穿过的旧衣服,实在烂了穿不得了,才有机会缝件新的。广播体操比赛需要白衬衣,因为没有,也没借到,被班上取消了比赛资格,伤心了好几天。

1981年,田土包产到户,社员的积极性有了,吃的有了,粮食有了剩余,温饱没有问题了。当时裁缝生意依然火爆,父母还给我打了条喇叭裤,穿起来神气得很。

1983年,进入梁平红旗中学读高中,周六从学校走路回家,周日从家里带点母亲做的用腊肉颗粒炒的咸菜,在学校也算是美味,偶尔还给同学分点,安逸得很,食堂那两角钱一份肉还没那咸菜提劲。家庭好的同学,有穿皮鞋的,有骑自行车的,了不起。我在周末上下学只走路,穿的老妈做的布棉鞋,温暖又合脚。

要改变这一现状,必须考学,跳出"农"门,哪怕是中专也要去读,那时大中专学生国家包分配。

1986年9月,先坐汽车再坐火车,历时近40个小时,到北京看一看,后到河北石油物探学校所在地。这时有毛衣穿了,也有了皮鞋。学校吃饺子时，排起长长的队，有不自觉的，要加塞儿，有时打起架来，当然学校要处理。我们四川人个子小，打不赢，吃不上饺子，吃米饭也行。有时周末约上几个老乡买些罐头，喝点燕京啤酒，那日子不摆了。这时，家是砖房砌的，也通电了。

1988年8月，来到川东开发公司上班。下决心要吃好点，因为有工作有收入了，天天吃肉，年底花掉所有存款买了一辆自行车，到1991年买了彩电、冰箱、洗衣机，住的是单位福利房。

1997年，单位分了楼房，五十几平方米，鸡、鸭、鱼、牛奶单位有供应，穿上了皮衣，单位有桑塔纳轿车，也有大客车。医院看病几乎不要钱，食堂的菜也丰富了。生活区内一到冬天，家家户户阳台上挂满了香肠和腊肉。

2003年，梁平县（今梁平区）旧城改造，房价400～500元/米^2，电梯房也不过800元/米^2，家庭购小车的多了起来，农贸市场品种多样，晚上招待客人先酒足饭饱一次，再歌厅呼儿嗨哟几曲，最后夜啤酒千杯。

2008年，农村人说儿媳妇，必须在县城以上有房，而且还得有车，不然，提不到亲。公路硬化通达各个村舍，网络通信遍布山川角落。城市告别黑煤炭，户户用上天然气。超市天天打折，景点月月添新。小轿车进百姓之家，大彩电挂客厅幕墙。

2018年，不穿皮革改穿旅游鞋，吃菜要吃素，穿衣要穿布，少吃盐多吃醋，管住嘴，迈开步，走出家门把山川数。选幽静小区作为居家。出行坐高铁，吃住选农家。腰包鼓了，生活品质高了。老房子已宅基地复垦，棚改区已改庭换面，或盖新楼，或成公园。城市扩容，乡村联片承包，老年人可领社保，全民医保全覆盖。新城房价已达7000元/米^2。

（王厚迁）

儿时的记忆

在我生命中的前16年，生活在农村，进入县城的次数不到三次。

我对小时候最深刻的记忆，就是和同村的小朋友漫山遍野地跑、玩泥巴、躲猫猫、捉螳螂，当然还有偷偷在村里的老水井里面钓鱼。天气好的时候，阳光下，一个人坐在田坎上折很多纸船，放在波光粼粼的水面上，看着他们随风飘荡；也会在漫山遍野红苕藤疯长的季节，一个人跑到绿油油的红苕地里滚一两个小时。那时候很皮，喜欢和同村差不多的男孩子打架，比输赢；也会偷偷带着自家的香肠腊肉和别的孩子到后山一起生火烤肉，那时，在大人的眼里，我和男孩子无异。

农忙时候，会帮父母干一些活，例如煮饭、洗衣服、掰苞谷、打谷子之类轻巧的活，偶尔帮着父亲种苞谷秧。记得有一次种苞谷秧到很晚，月亮高高升起，我帮父亲打着手电，他一边种一边给我说"这个苗最下面的叶子要朝着一个方向，以后长出来的苞谷才会朝着一个方向"，我听得很认真，他仿佛在说着一件很自豪的事情，那天回家的路上，我特别开心，觉得月亮特别圆，也许是因为仅有的和父亲相处的时间。

那时候，没有手机，电视也不像现在这样可以收很多的频道。夏天，天热的时候，村上的院坝会有许许多多的人乘凉、聊天。在一个红霞满天的傍晚，我刚学了课文《火烧云》，"晚饭过后，火烧云上来了，霞光照的小孩子的脸红红的……天上的云从西边一直烧到东边，红彤彤的，好像是天空着了火……"当时觉得极为应景，迅速拿着课本，将《火烧云》一遍遍地读，一遍遍地背，或是躺在地上晒的豆叶上，或是坐在地上，空气中有着丝丝热气，一切刚刚好。

到了收割的季节，看着连绵的雨天，会帮着一筹莫展的父母忧愁，却又无能为力。一个极热的夏天，家里养了快 200 斤的猪得了猪瘟，我心里祈祷了好久，希望在兽医打针过后它会好起来，但是最后它还是没能顶住，看着忧愁的母亲，我心里特别难过，难过的是母亲忧伤的眼神，也许母亲难过的是我开学的学费又没有了，该去哪里筹钱。

从小，我很少生病感冒，但是在五年级的时候，膝盖关节不知道怎么突然发炎，在镇卫生院治疗了一个月仍不好。母亲身上已经拿不出坐公共汽车的一元钱，矮小的母亲背着七八十斤的我，在医院门口那条长长又孤寂的路上走了很远很远。

慢慢地，我长大了。

拿着第一个月的工资 1400 元，当时心里特别幸福，因为自食其力，可以自己养活自己了，也是因为我好像从来没有过这么多的钱。我对这份工作特别满意，因为它让我脱离了贫困，让我有能力让我的母亲过得不那么苦。于是，在工作中，我都抢着学，抢着干。后来，越来越好，转正了、当站长了、评先进了、入党了、结婚了、生子了……

现在的我们，不再为贫困而踌躇，不再为一元钱而哭泣。幸福地过着自己的小日子，保持着初心，工作不仅仅只为完成任务，更重视自身的技能，更重视身边的安全，更重视着一切的细节，更珍惜着每一步成长的喜悦。

现在，每当我对工作心生倦怠或有些许不满时，都会忆起儿时的不易，忆起刚入职时那个保持着激情、全心全意奋斗的自己。

（陈　英）

关掉弹幕

一直以来,我都喜欢开着弹幕看视频。

突然意识到需要把弹幕关掉,是在看《妈妈是超人》这档综艺节目的时候。

这档综艺节目里面,一开始因为颜值和性格,特别喜欢贾静雯的女儿——咘咘。直到某一期,节目组剪辑了一个片段,咘咘推倒了自己的妹妹,却向妈妈说本来是想抱妹妹之后,这个年仅两岁半的小朋友成了全网攻击的对象。

"这么小就这么有心机,长大可怎么得了""推了就推了,还不认错""贾静雯就在旁边看着,都不教育的吗""三岁看到老""有她们家的镜头直接跳过""咘咘习惯性说谎"。

小朋友做了错事,怕被家长责怪而选择说谎,我本身并没觉得有太多的槽点,只要有正确的引导,人都会在长大的过程中不断修正自己的行为。

但是当心机、坏、撒谎成性这些词铺天盖地地扣在一个仅仅两岁半的孩子身上时,我觉得很残忍,于是默默关掉了弹幕。

想起去年看《中国有嘻哈》的时候,有名选手叫 GAI,其特色是用重庆方言来说唱。每次他一出场,弹幕上就有很多攻击他的言语。

"又唱山歌""太土""这长相就没有冠军相""说话太狂了""内定选手""每首歌都是一个调"。

看这样的弹幕看多了,便受了他们的影响,比赛期间我也特别不喜欢 GAI,觉得这样土味的人,是不配搞嘻哈的,哪怕他最后得了冠军。

只过了一年,我已经记不得其他 Rapper 们唱过的歌了,却时常在哼 GAI 的歌词,"我吃火锅,你吃火锅底料,对你笑呵呵,因为我讲礼貌""天干物燥、小心火烛,人生漫长,师兄些好生走路"。

终于发现,原来自己是那么喜欢 GAI 的音乐,但前提是把弹幕关掉。

工作中也会碰到同样的状况。

开展变更工作时,如果申请人或负责人不了解其重要性,就会发出这样的言语,"做这些都是走形式主义""资料太多了,真的麻烦""变更手续能不能后来补",它们就像视频中的"弹幕"一样,一字一句映入变更管理者的眼帘。

但事实真的如此吗?方案变更是否可行、风险是否可控、设备安装与拆除后操作规程是否有更新、运行参数是否有变化、控制系统状态的改变能否执行,每一次开展的变更风险分析,都是安全生产强有力的保障。

作为变更管理者,需要做到的就是将那些没有意义的"弹幕"关掉,坚守立场,严格督促落实变更的执行。

人云亦云,三人成虎最大的危害,就在于让人丧失自主思考意识。关掉人生中的"弹幕",保持独立的思考模式,才能创造出一个绚丽的世界。

(谢雯洁)

妈妈的一亩三分地

"春媚,前天你摘回去的菜吃完没?这两天豇豆大势出来了,茄子青椒又结了好多,恩麟爱吃鱼香茄子,你有空就过来多摘点回去!"

去年,妈妈在何家坝租屋开垦了一方三四十平方米的菜地,收成挺好。这段时间,青椒、茄子、四季豆、韭菜、空心菜、豆腐菜……一拨接一拨地出。于是,妈妈就忙着给我们姐妹几个打电话,今天叫三姐回家摘四季豆,明天让我过去割韭菜,有时我们没空,她就坐公车大包小包地给我们送来,每天都乐在其中。

在农村教了半辈子书的妈妈,闲时最喜欢的就是那一亩三分地。后来为了我们在城里读书,只得丢了乡下的土地,将户口迁到城里。那会儿,爸爸单位分了套顶楼五十平方米的宿舍。妈妈在楼顶辟了一角,用背篓背了几十背泥土,在楼顶种上了蔬菜,和爸爸每天浇水施肥,忙得不亦乐乎。那一角的蔬菜我们一大家子都吃不完,有时,妈妈还摘些送给楼上楼下的左邻右舍。

后来爸爸退了休,因二老岁数渐渐大了,住的楼层又高,就搬到了我单位集资的那套石油小区的底楼居住。住进了小区,到处都是规划好的绿化带,妈妈没了种菜的地方,很不习惯,虽然在阳台的花盆种了点葱子蒜苗,却始终满足不了她对菜地的渴望。终于忍不住偷偷将门前的绿化地开垦了一小块种上了菜苗,可小区物管怎么会允许私人占用公共绿化带?没过几天,物管办的人就将她辛苦种上的菜苗给拔了。为了这事,妈妈在电话里哭得像个孩子,我现在想起还觉得心里酸酸的。

前年,爸爸过世了,妈妈伤心之余,几次提出想搬回以前的顶楼,我们都知道她是怀念那一亩三分地,但她那个岁数怎么能住这么高的六楼，让她跟我们儿女住一起，她又不愿意，说我们住的小区她不习惯。去年，姐姐在城郊何家坝租了一幢楼房做石屋，把妈妈接了过去，为了让妈妈能种上菜，特意跟房东要了一块地，妈妈搬过去后，开开心心地翻地、拔草、播种、施肥，终于再次有了一亩三分地，闲时，我们偶尔也过来帮着施肥浇水。

　　蔬菜成熟时，妈妈就催着我们姐妹几个回家摘菜。其实每次回去拿菜挺麻烦的，虽然我们每家都有了车，但开车回去要穿过整个城区，经过两座大桥，常常遇上堵车，自己辛苦不说还耗油。如果打出租车，来回也要好几十块，一辈子节约惯了的妈妈要知道了，不得心疼死。坐公车倒是便宜，来回几块就够了，但中途得转一次车，而且每站都有人上下，很耽搁时间。可尽管这样，我们回去时还是尽量都坐公交车。

　　每次回去，看着这么大岁数的妈妈卷着身子在地里侍弄着蔬菜，心里总有种心酸的幸福感。此刻，她嘴里正规划着：明年在这一角种上一排黄瓜，靠墙那里再种两行番茄……我知道，她是在享受这份快乐，看着这畦生机勃勃的蔬菜，想着我们姐妹开心采摘的样子，一家子都吃着她亲手种的菜，她就特别满足。她总是一遍遍念叨着：外面买的哪有自家种的绿色健康。

　　其实，妈妈的幸福很简单，就是希望她种的菜我们都喜欢，希望她岁数再大也能为儿女做点什么，这样，她才能觉得儿女们一直都需要她。在她心里，这一亩三分地种的不仅仅是菜，而是一种希望，是儿女对她的一份依赖，更是一大家子的健康、温暖与幸福！

（李春媚）

牵着您的手

说不出自己成为石油人的具体时间和地点，但总觉得它会发生，就像一次意外、一个偶然，就像在石油大院长大的我终会跟随父母的脚步成为石油人。

母亲在蜀南气矿纳溪采气作业区工作，由于井的产量、功能变化，我印象中，她工作的地点从未定下来过。参加工作后，我和父母并不在一个单位，因为岗位、工种不同，从事输气行业的我从没见过采气树，也没见过"磕头机"，但一家三口都是石油人，无论输气、采气，只要母亲说起工作上的事，即使相隔遥远，也感觉离我很近。

在我心中，母亲的形象从小时候的"什么都知道"，到后来"天天压迫我上学"，再到现在的"好想放假回去看望"，大多数时候，我在电话这头说有空就去看她，但工作以后，一年见她的次数寥寥无几，到头来都不过是句空话。离她这么近，既没有日常的陪伴照顾，也没能成为她口中的骄傲，只给她留下担心以及等我给家里拨打的一通又一通电话。

母亲值班的井站离家不远，我却觉得对她的关心远远不够。于是，我来到她值班的地方，在井站大门等她。没有多余的寒暄，我牵着她在井站里逛了一遍又一遍，就像小时候她这样牵着我，在公园、在游乐场。我们围着公司里为数不多的"磕头机"一走就是一上午，"之前不是说没见过磕头机吗？我们这里正好有一个。"原来母亲一直记得我随口说出的话，而我却从不在意她反复提及的要求。

现在，母亲的话变得越来越少，而我想告诉她的事情越来越多。小时候的我，总会不假思索，轻易就选择投向母亲的怀抱，当然她也会义无反顾地抱住我。但现在,不知道是害羞还是缺少勇气,一起出门都很少牵她的手。

不得不感慨时间带给我们的改变,当再一次牵着母亲的手,她的笑容一直落在我身上,偶尔低头看向她,发现牵着的就像个小女孩。原来,她并不是不关心我,只是用另外一种方式来爱我,这种方式让我成长、独立。原来,长大的路上,她一直牵着我的手,一直系在心头,从未放开。

(郑剑雄)

人间烟火皆真爱

我酷爱美食，更喜欢烹饪。

小时候，母亲做菜总会把我叫到身边观摩，告诉我先做什么后做什么，培养我做事的条理性。6岁的时候，我就能自己炒蛋炒饭。小学一年级起，父母就可以安心地睡懒觉，不必为我的早餐担心。结婚后，公婆的高超厨艺让我惊叹，他们六十岁以前，身体尚佳，几十人的家宴，从来都是自己动手，不会到饭店包席。我们夫妻俩因为上班都帮不上忙，心疼他们，劝他们到酒店包宴席。他们总说："都是自家人，要吃自己做的饭菜，干净卫生，在家里吃饭才有家的味道。"的确，每每家宴，亲戚们都认定吃公婆亲手做的饭菜，而公婆总能不负众望。

做饭，看似日常生活中最简单的行为，却饱含了用心经营家庭的心思。家人的喜好、家人的口味、家人的健康全在这一日三餐、一周七天的饮食里。

现在的生活节奏太快，和家人坐在一起好好吃顿饭仿佛都成了奢侈，更不用说花费大量时间精力自己买菜做一顿丰盛的饭菜。由于工作原因，工作日我们一家三口只有晚饭时间才能在一起。如果我出差或者加班，一天三餐都不能与家人共进了。因此每到周末，厨房就成了我最热衷的舞台，是补偿，更是为人妻母的义务。有人觉得十指沾满阳春水腻腻乎乎的，介意做饭油烟扑面会变黄脸婆，但我却是如此享受整个做饭的过程。

买菜时，老公儿子左右陪伴，我负责挑选食材，儿子负责算账，老公负责搬运。从小算账这也许就是儿子数学成绩不错的原因之一吧。一家三口，一路上说说笑笑，儿子常常幽默地给我们讲述他的校园趣事，而我们也趁机给他说一些为人处世的道理。一家三口肩并肩走在一起，常常引来邻居们的羡慕。做饭时，老公会在一旁帮忙。饭前，摆碗筷，饭后洗碗，都有分工合作，一家三口体验到家庭生活的参与感。而最让我有成就感的就是家人对饭菜的肯定和赞美。空余时间我喜欢看菜谱，发朋友圈的内容也常常是我自己做的饭菜。虽然我不能像公婆那样，做上数十人的大餐，但逢年过节的时候，我也会做上一桌可口的饭菜，邀请双方父母享受天伦之乐。我觉得自己很幸运，能有时间为家人做饭菜，我觉得自己很幸福，能让家人品味我做的饭菜。

"在家吃饭才有家的味道。"公婆的话对我们夫妻俩影响深远。我们吃着父母的饭菜，在幸福中长大，父母吃着子女做的饭菜在欣慰中变老，夫妻吃着彼此做的饭菜在陪伴中相守。这就是最平凡的人间烟火，是家的味道，是幸福的味道。所谓尘世间的爱，不就是与你一日三餐，一年四季吗？

人们常说，管住他的胃才能管住他的心，我想当你用心为他为家人烹饪饭菜的时候，他更能感觉到你的心。热气腾腾的饭菜，美美满满的生活，充满人间烟火的厨房，饱含的是对家人的关爱。

（谢丽红）

初夏的蔷薇

蔷薇虽然没有玫瑰那样婀娜多姿、风情万种；没有牡丹那样雍容华贵、倾国倾城；但它那独有的温婉小巧、朴实与坚韧打动着我，让我深深地迷恋上了它不平凡的美。

每次上下班，总能在路边围墙上，看见那满满一丛、静静开放的花儿。它的花型很像月季花，却比月季花要小得多，小巧而温婉；它的颜色有粉红色、酱紫色、白色，绿叶簇拥着缤纷多彩的花朵，像一幅古典油画；它的花香浓郁、诱人，明代诗人顾磷笔下的"香云落衣袂，一月留余香"正是形容此花——蔷薇。

蔷薇的花期是5月到9月，初夏是蔷薇绚烂盛开的时节。它娇小而饱满的花朵，伴随着每一根蜿蜒缠绕的蔓藤，占据了围墙的每一丝空隙，柔软的花瓣交错重叠着，紧蜷地裹着花蕊，依偎着蔓藤，静静地吐露着芬芳。在阳光的照耀下，清晨露珠地呵护下，它像一位娇羞的邻家女孩，清澈的眼眸、朱红色的唇、微红的脸庞，向人们露出它羞涩的笑容，散发迷人的香气。每当我上班经过那"花墙"时，都要放慢速度，驻足一小片刻，去欣赏娇美，感受芳香。

记忆中的蔷薇不仅美丽动人，而且还可以作为药材使用，具有清暑、和胃的功效，是中医食疗中治疗暑热、不思饮食的良药。记得儿时每逢夏季就食欲不振，常常闹腾着只喝凉饮，不思茶饭。每当这个时候，奶奶就摘取少许蔷薇回家，洗净、切碎，并同大米、适量白糖熬制成粥，清香可口的蔷薇花粥不但让我吃得意犹未尽，而且坚持食用一段时间后，食欲不振的症状就渐渐消失。除了具有药用价值以外，蔷薇花瓣中含有的芳香油，可以供制高级香水及饮料；它的根皮可以提取单宁，供工业原料；蔷薇的果实还可提取维生素 C，还能用以制蜜饯。小小蔷薇，用途广泛，药用、经济价值颇高，但它却不需要精心呵护、培育，它耐寒、耐旱，对生存条件要求不高，只要有充足的阳光和水分，路边、田坎间，你都能看见它恬静的身影，绽放在钢筋水泥构筑的城市间，成为最美的点缀。

（庄瑞玫）

修身

假如生活欺骗了你,不要悲伤,不要哭泣,休养生息静待希冀。

钱穆先生曾说,对自己国家和民族的历史,对传统,应怀有温情和敬意。对我们的个人史,又何尝不是如此?世界上所有的修养,都需要一种高度的专注和漫长时间的淬火。读书、求知如此,修身当然更不例外。

人之欲无穷而寿有尽,此自然之法理;世常心有余力而不逮,诚物象之准绳。时光荏苒,我们都在慢慢被这个麻木的社会同化,如今飞速发展的时代,车水马龙,灯红酒绿,我们都在拼命向前奔跑,有谁还想到回过头来看看自己,吾日三省吾身早已被日日忙碌后的疲倦身躯和供不应求的烦躁心情所掩埋。大自然的高山流水,花草树木,都是不喧嚣的,它们在自然中,开着自己的花,站成自己的姿态。人与大自然同理,人一静谧,风度俱来。静,不是为了偷懒,而是为了再一次更好的出发。

修身也是修心。还记得英国小说家毛姆在名作《月亮与六便士》的两段话,一句话是"遍地都是六便士,他却抬头看月亮"。这句话的意思是,人要克制对唾手可得的实际利益的诱惑,要有一种超越性的、更宽阔的眼界。有时候,抬头看月亮,是多么奢侈的一件事啊,因为利益的羁绊,不是那么容易破掉的,尤其是生活在承受重负之时。另一句话是:"我用尽了毕生的力气,只是抵达了生活的平凡。"这句话中包含的力量,正好与前一句形成互补。平凡,是每个人都想着要去突破的。但平凡的真味、深味,又恰恰是在人生绚烂至极、归于平淡之后。人光有超越的一面是远远不够的，还要有从平凡中汲取智慧的能力，也要有一种自知平凡的谦卑。

　　修身是成功的根本。要成功必须要付出力量，历练自己的梦。记得初来到站时，对于一切都是那么新奇。一根根输气管纵横交错，一幅幅工艺流程图眼花缭乱，欣喜中又夹杂着畏惧。接着跟着师傅们学习各种生活生产技巧技能，大量补充自身未知，看着他们敏捷的生产操作和热忱工作的激情，带着崇拜、感动一点一点地融入这个集体。慢慢地，设备、资料、操作、保养等一系列工作必备都熟练掌握后我问师傅岗位的含义，挣钱？舒适？升官？都不是。责任和安全是我得到的答案。我意识到成功并不是要飞黄腾达，在自身的岗位上承担责任，守护安全，这本身就是一种成功。

　　修身是让别人快乐的慈悲，让自己舒心的智慧；修身是自我了解的朋友，自我珍惜的知己。穷涉水则败，富涉淫则衰。守一颗清静心，倚楼听风雨，淡看尘缘如梦，以真面目示人，活得真实；以真性情交人，活得坦诚；以真感情对人，活得干净。

（谢翼峰）

未曾设想的道路

踏入工作尚才几月,懵懂无知的我开始在社会的大道上摸索前行。年轻的我刚刚走出求学的门槛,不懂责任的我,年少轻狂的我,胸中燃烧着石油精神,家门渐渐远离,未曾设想的道路蜿蜒向前。

天其实并不高,海也不遥远,红色的心比天高比海远。温和的阳光消除了我的睡意,城市的霓虹灯不再闪烁,天府大道带我来到了仁寿,光明的每一天即将开始,一切都是那么新鲜,输气人的精神伴随着欢迎的言笑渗入我的内心。这如同烈日的火热精神照亮了我的前程,让走出校门的我不再迷茫。

一场大雨惊醒了梦中的我,前往眉山的山路上翻腾着江流般的雨水,白日却被乌云遮蔽宛如暗夜,我未曾设想山路是如此崎岖,但前进的步伐并没有因此停下,每一位老师傅的一身红色引领着我走向新的领域。水光潋滟晴方好,山色空蒙雨亦奇。雨过天晴的东坡,未曾设想的道路上也有着从未欣赏过的美景,天边的云间,有一缕阳光偷偷探出了头,风雨无阻的输气人在我心中留下了浓厚的一笔。

颠簸的汽车打消了我的睡意,农村的小道怪石林立,甘霖镇的树叶还未饮下晨间的甘露,走向站场上的泥泞爬上了我的鞋跟,一直在钢筋水泥生活的我现在才知道自己的脆弱,想着茫茫的前程,豆大的珠水落入田间。但输气人从不落泪,这滋润万物的圣水,只能是血与汗,不论基层有多困难,不论道路有多艰险,哪里需要我们,我们就得神速赶去!输气人的灯火永远不会熄灭,黑暗的树林中回荡着气流的声音,而我又迈向下一个站场。

熟悉每一个站场是输气人新鲜血液的必修课,苦,是肯定苦,值，是肯定值，输气人就是要不断学习，这样我们的道路才会向前伸展。一旦适应了日常生活，那可怕的惰性便会麻痹我们，在贪图享受的深渊前一步也无法迈出，只有随时准备远行的输气人才可以不负韶华，让祖国的江河更加壮丽。

是的，汪洋镇如它的名字一样。这里的站场有着最全的设备，初见的我眼花缭乱，但老师傅亲切的每一句指点划开了迷雾，他们粗糙的手和带着油漆味的设备，刻在了输气人的骨里，代代传承，对工作的负责，精神的学习与知识的汲取养育了无数代输气人。

岷江的船只络绎不绝，乐山大佛不论过了多久都屹立在此，远去的云间缝隙，夏日残影已然消逝，冬日的寒气渐渐袭来，沉舟侧畔千帆过，不知有多少像我这样的游人路过，过去的伤痛总有一天会无影无踪，我们输气人因此从不迷惘，湛蓝的天空下道路尚遥远，走吧，朋友，朝道路前方走去。那永远持续的输气之光映在江面，你我的脸庞是那么青涩，我心中向往的地方便是未曾设想的远方。

我的旅行还没有结束，这世上没有坟墓容得下我的身躯，我心自由飞翔。熏风带着无限率直的感情，吹向未曾设想的道路，路上的宝石花盛开着，而我，在大地浅眠的黎明，走向未知的明天。

（陈雪松）

蜕变

2014年,21岁的我加入输气管理处这个大家庭,同时也意味着,我将结束校园生活正式步入社会,那时的我并没有意识到从学生到上班族,是怎样的角色转变,也没有意识到脱离老师、同学、家长的陪伴,面对工作的我是怎样的手足无措……回望匆匆走过的这五年,我渺小又平凡,却始终不甘平凡。

进单位的第一步便是实习,我实习的站是在乐山一个小乡村,从镇子开出去不久车便拐进了一条弯弯绕绕的小路,没走多远一个高耸的建筑便映入眼帘,说是高耸当然不比城市,只因这个站有一个高高的堡坎,堡坎上边还有一株粗壮的大树,后来我知道那是一株香樟树。那一刻竟有种置身画中的错觉:夕阳下大树边的躺椅上坐着一位老奶奶,一脸慈祥地看着树前嬉戏的小孩,身后是一排富有年代感的小平房,房前小鸡正欢快地啄着米……好一幅岁月静好的画。"你就是新来的实习生吧",我猛然一惊,望着眼前的这位师傅,不知所措地"嗯"了一声,然后露出礼貌又不失尴尬的微笑,提着行李的手不自觉地又握紧了些,从小怯生的我就这样来到了一个陌生的地方,并即将和几位陌生的师傅,开启一段突破自我的入职生活。

我想怯生的人应该都有一个通病,那就是不愿意去麻烦别人,也不懂如何拒绝别人,当站上师傅们积极主动地帮我搬运行李,我只能红着脸不停说着"谢谢",内心焦急得想着该多说点什么来让感谢表达得更真切一点,却只是让脸更红了。也许是看出了我的无所适从,师傅们放下行李后叫我自己收拾收拾,再好好休息,不用着急去值班室,望着他们离去的背影,我懊恼自责,像被父母寄养在远房亲戚家的孩子,渴望得到别人的认可,却事事表现出距离感,我知道这是我的问题,入职第一天,我给了自己零分。

融入站上的生活，成了我入职以后迫切想要解决的一件事，但这件事远没有我想象中那么困难。站上一共三位师傅，年龄都在四五十岁左右，回想当时的我仗着自己初入社会，没头没脑地叫着叔叔阿姨，但他们却并没有生气，时常带着还是厨房小白的我做面食甜点，耐心地为我讲解工作知识，饭后领着我熟悉周围地形，去认识附近的老乡，还打趣说我就像他们的女儿，这群可爱的陌生人，竟让我有了归属感，我怯生的毛病似乎被治愈了……

　　熟络以后的我开始不再事事小心翼翼，却恰恰暴露了我在工作中所缺乏的一种意识——安全意识。要知道身为一线工作者，安全才是重中之重，接连几次在汇报资料时出现低级错误，师傅看出了我的浮躁，语重心长地对我说："在点站上班是有些枯燥的，但这是对你的一种磨炼，但凡是工作就没有轻松一说，你应该牢记你肩上的责任，身为一名输气人，在岗一天就要保障一天的输气平安，任何一点小失误都有可能酿成大的事故，永远不要让自己深处危险之中。"

　　如果要说工作以后我最大的改变在哪里，那必然是更乐观开朗了，也更有责任心了，面对陌生人我不再羞于表达，因为我知道，给予他人多一点温暖，也许就能帮助他跨越内心的障碍，面对工作我也不再浮躁不安，因为我明白没有什么比安全更重要，带着这两样从实习阶段学来的"宝贝"，在未来的五年时光里，我努力让自己成为一个更优秀更称职的输气人，成长的道路还很长，但我相信只要不甘于平凡，脚步就永远不会停歇。

　　习惯了从小到大在老师父母的安排下生活，什么时候该做什么事，似乎从不用操心，但缺乏自由的我们总在盼望着长大，幻想某天能像父母那样，什么事都自己拿主意，但当这天真的来临，才后知后觉曾经渴望逃离的象牙塔，并不是牢笼，而是天堂，我们终究需要成长，在芸芸众生之中找到属于自己的立足之地，而成长是一段旅程，我们都将在经历颠簸之后收获美好。

（池亭瑶）

"奔三"路上的告白

我是出生于 1996 年的崽。

2019 年 9 月 20 日,是我参加工作 3 周年的日子。俗话说,生活是锻炼灵魂的妙方,那我这快 30 年的灵魂也应该足够有趣了。

因为对这生活,我由衷地热爱。

这个企业带给我的,是那份任何东西都无法替代的归属感,有一种让人想要自然而然回归、靠近的温暖。

我喜欢在楼道上疾步的充实、喜欢同事间打招呼的亲昵、喜欢在食堂吃饭的热闹、喜欢大家一同下班的亲密、更喜欢你牵我手的温度……

就是这一切,让我深深爱着,满心欢喜,沉醉其中。

我曾在下班的时候,站在拥挤的十字路口,随着人流的推搡,摸出的手机在手中打旋。有点羞涩,有点犹豫,但最后还是没能拍下蓝天下我与单位的合影。但也不必后悔,因为我很清楚,这样的美景还会陪伴我很久很久,于是,我可以潇洒地甩着马尾,大步走开。

我会看着窗外依然幽绿茂盛的藤蔓,还有开得烂漫的金桂遐想。

下次旅行,我想要去那座叫青川的城市,看看那里的香樟树,是不是隔绝了暑热,我想在那片墨绿下安然呼吸;或是去此起彼伏的沙丘,那里轮廓清晰、层次分明,丘脊线平滑流畅,迎风面沙坡似水,背风面流沙如泻;更或者在广袤的大漠深处、沙山之巅,看每一个清晨日出绚丽,每一个黄昏夕阳染沙……

回过神来,我还坐在桌前怔怔发呆,摇头笑笑自己的天马行空,继续快乐码字!我享受着两份快乐,一边做,一边想。

我曾幻想过,我的爱情应该也会特别美好。

有一天,可以和他一起做饭,一起聊聊琐事,一起计划未来,一起锻炼身体,一起推脱谁去刷锅,一起走过山川大海,一起看过四季更替……这些周而复始的日子,想来最是热泪盈眶。

那些走过平湖烟雨、岁月山河的人会愈加生动,纯净。

时光永远是旁观者,所有悲欢都要自己承受,我们总得学会轻语岁月,笑谈流年。

年轻的时候,谁不曾鲜衣怒马,挥手天涯。我驰骋在"奔三"的路上,未来,还很长。

(周思琪)

铁人精神薪火相传

作为一个油三代,从小耳濡目染最多的便是王进喜的故事,"宁可少活20年,拼命也要拿下大油田",王进喜前辈的"铁人"形象从小便在我心里扎了根。但直到去年我亲自前往位于大庆的铁人纪念馆,铁人的形象才鲜活起来。

铁人纪念馆以王进喜的生平事迹为主线,以大庆石油发展历史为脉络,将铁人的生平展现在我们眼前。以前我们看到的是他作为铁人的那一面,是不怕苦不怕难的那一面。在这里我看到的他不仅是一位劳模,同样他也是一位儿子,一位丈夫。

王进喜不只是象征铁人精神的情感符号,更是一位有血有肉的男儿。他并不"铁",放映厅纪录片里的他灰头土脸的,与旁人无异,肚子饿了会叫,脚被砸伤了会住院,但是一遇到难题,他的"牛脾气"就上来了,被上百斤的钻杆砸伤住院了,不顾同事的劝阻,偷跑出来工作。面对井喷,纵身跳入滚烫的钻井液池,用肉体之躯搅动钻井液制止井喷。这些事迹我早已耳熟能详,但看着他生前居住的简陋的屋子,用过的工具,再次听这些真实发生的故事,仍然会被震撼到。

如今的石油行业,不用再头戴铝盔走天涯,不用再像王进喜一样用肉身阻止井喷,大部分人的工作都不用随时穿着防护服起早贪黑。但是石油精神薪火相传,与地域和时间无关,千千万万石油人一样,在不同的岗位和工作环境下,续写着中国石油的传奇,托起未来石油的希望。

(包梦蕤)

少年有梦

冬日晨光就像希望,能褪去清晨站场的那份清寒。这一缕柔光洒在身上,让走在巡检路上的我倍感舒适……

每当想起那险如天堑的巍峨华山,和洱海那泛起阵阵粼光的湛蓝湖面,就会联想到那句"曾梦想仗剑走天涯,看一看世界的繁华"。少年郎啊,心中无限向往那山光水色,恨不得踏遍祖国的大好河山。不知不觉,在追逐远方美景的同时,一晃,那个少年郎,从学校来到了完全陌生的生产一线,输气站场。

刚到岗位时,上班时间依旧眷恋外面的花花世界。但毕竟工作性质特殊,关乎安全,虽然百般不愿但仍"咬牙坚持"着"食无味,寝不眠"的焦躁日子,直到我看到了站场航拍图。

在那以前,每当我走过站场,那轰鸣的节流声,总会把我吓得发怵,也就不敢停下脚步细细观察。也更不会想到,站场的设备排列一起竟有如此气魄,仔细观察,一台台设备犹如一桩桩兵马俑一般制作非凡,每台立式分离器就像英气逼人的大将,傲立群雄,而输气管线就像奔走的军队,奋勇向前。虽不见两军对垒,却已然剑拔弩张。而当放眼俯瞰整个站场,又给人一种山河浩瀚的磅礴之势,那延绵的管线如黄河一般承载着气流输往五湖四海,又如万里长城,无论风雨默默守护着川渝地区的稳定平安。如此景观,变化莫测,令人流连忘返。

看得出神的我,突然一惊,如此美景一直在我身边我却全然不知,不由眉头一皱,傻傻一笑。从此,我喜欢上了巡检这项工作。曾经那令我惶恐的节流声,现如今就像旅途中的一位老朋友,它用声音的高、低、大、小讲述着最近生活的酸、甜、苦、辣。就这样,巡检路上,每一次检查设备,记录数据,既是聆听他们的故事，也是与他们一起为"安全平稳输供气"保驾护航。

参加工作已经三年，曾经那个梦想仗剑走天涯的"少年狂"，如今已是牢记安全保四方的"输气郎"。可我依旧会保持着巡检时的那份认真与热情，不忘初心、牢记使命。为企业发展的锦绣前程尽心尽力，为建设祖国的大好河山添砖加瓦。

（代华翔）

输气小站的细致与滋润

10月下旬,秋意渐浓。汽车经过冷清的小镇,绕进一条狭窄山道,连续转了两三个大弯,蜿蜒驶到山坡上。薄薄的阳光穿过云层,仁寿输气作业区金粟输气站、本站连续安全生产39年,两块不锈钢制成的牌匾极为醒目。

值班员杨莉的笑容如秋日暖阳一般温和恬静,温馨的入站安全介绍后,她引领我们走进生产区。站场设备保养得很到位,阀门开关很灵光。"我们的设备是大家一起弄,但每个人又都有自己的直辖区,这样既不会遗漏,又把设备保养得巴适。"

值班室窗明几净,物品摆放整齐。挂在墙壁上的小白板,详细记录着本周工作要点,生产、安全注意事项,资料有序摆放在资料柜里,随手翻取一本,记录整洁齐全。

窗外,两棵巨大的香樟枝叶繁茂,据说已经有37年树龄,是当地园林部门的保护树种。粗壮的树干需要两个成年人合抱,它们默默地和小站共同成长。

在工作上细致敬业,生活中也亦追求有滋有味。

46岁的站长陈发杰,是站上的大厨,招牌菜很多,尤其擅长做鱼,回锅肉炒鱼、鱼头汤、酸菜鱼,一鱼三吃,厨艺深得民心。

58岁的老工人王厚明,患有冠心病,去年做了心脏搭桥手术,回来上班后,不管是工作还是生活,同事都用十分的真心和细心去照顾。

杨莉、汪琳红,人到中年,开朗健谈:"这里风景好,空气好,买土鸡、土鸡蛋很方便,我们的生活相当滋润。"输气站地处偏僻,她们会自娱自乐,常常打上一局羽毛球,输家负责洗碗。

"带你们看看我们的开心农场。"还有3年就要退休的汪姐分外热情。围墙外，约莫有四五十平方米的土地上，朝天椒、韭菜、萝卜长势良好，数一数，哟嗬，竟有12种蔬菜。"这些菜完全无公害，而且我们吃都吃不赢喔。"

正说着，菜地的主人彭大姐来了。她不仅无偿将地给站上员工种菜，还时不时地来帮忙施点农家肥，传授一点种菜经。50出头的她有副大嗓门、热心肠，和站上员工关系极好："石油工人很看得起我们，说话做事都好，处久了，就像家里头的人一样。"

以心换心，是站上输气工们最温暖的处事原则。半新的衣服洗净折好，送给周围需要的农民，中秋、春节什么的，去串串门，送些糖果、芝麻糊给老人，哪家新添了小孩儿，定不忘送上一套新衣。

山坡上的输气小站在方圆几里范围内，口碑很好。哪家磨了豆花，才刚出锅，就会舀上一大碗送到站上。柚子成熟了，柑儿挂果了，都会惦记着站上，平日里互相照应，无形中安全系数、和谐指数提升了很多。许多施工单位由衷感慨：走了这么多站场，你们金粟站和周围老乡的关系处得怎么那么好？

带着满心温暖离开站场，站门外，彭大姐在热心招呼："下次你们早点来，吃我做的豆花饭。"

（张慧敏）

四十年三代人

1978年12月的一天，从部队退伍后的姥爷跟往常一样下班，一件旧工衣搭在肩头，停在了厂门口的广播下，和同事一起听着十一届三中全会的报告。直到手里的烟头燃尽烫着了手，这个28岁的汉子却丝毫不在意，咧开的嘴角反而越张越大。听完广播，他带着止不住的笑意往家的方向走去，这一路，他走得虎虎生风。

"改革开放了！"这是姥爷到家后跟姥姥说的第一句话。尽管姥姥是个乡村教师，可消息闭塞，哪里懂得这些新颖词汇，就问姥爷，姥爷也说不出个所以然："反正从今天开始，日子会越来越好！"姥姥也高兴起来。

1981年底，姥爷涨了十几块钱工资，姥姥高兴地盘算着过年能多割几斤肉、多添几件新衣。姥爷在边上絮叨着："涨工资是因为今年厂里搞'产量包干'，国家缺能源，我们工作得更加努力才行，争取早点把产量提上来。"姥爷虽是随口絮叨，但话语中的坚定和无畏，仿佛让他变回了那个身着绿军装的战士。姥爷对军营是不舍的，但是为了照顾身体不好的姥姥和孩子们，不得不选择退伍，脱下了陪伴他青春岁月的军装，穿上了工衣，成了一名石油工人。

尽管姥爷文化程度不高，但十年军旅生涯却让他有了钢铁般的意志，从他脱下军装、穿上石油工装的那天起，经他手里的每一颗螺钉，都要拧到丝毫不差才行；每一个零件，也要加工到无法继续提升精度才行。他牺牲休息时间钻研技术，遇到难题总是挺身而出，用自己的行动践行着"三老四严"的优良作风。退休后，他常感叹自己没为单位做出过什么大贡献，我摸着他手上的老茧跟他说："这些老茧就是你为石油事业做出的贡献。"姥爷总是摆手笑笑，不提往事。可我知道，在技术落后、设备不足的那个年代，老一辈石油人全凭铁人精神,咬着牙,克服重重困难,把石油工业一步步发展起来。他们,值得我们永远铭记……

1990年,母亲20岁,经过选拔,也成了一名石油人。2000年,正赶上天然气大开发,国家要提升天然气产量,一支支勘探队伍穿梭在崇山峻岭,行进在沙漠戈壁,一个又一个大气田被探明储量,一座座采气站场也随之出现,父母也得长期驻守在野外一线。记忆中最深刻的就是父母说要去上班、不能在家里陪我时的满脸愧疚。不过父辈的坚守,却换来了我国天然气产量的飞跃式发展。

如今母亲快退休了,她常说:"工作这二十多年,亲眼见证了石油工业的飞跃,油气勘探开采技术越来越先进,越来越成熟,社会效益越来越好。"她见证了石油工业的快速发展,我却见证了岁月在她脸上流逝的痕迹。

2016年,我22岁,接过了从祖辈传承到父辈手中的接力棒,成了家里的第三代石油人。

参加工作前,姥爷问我:"你们这代人担子更重,怕不怕?"我没立刻回答他,但却在心中告诉自己,纵使前路荆棘遍地,我辈亦当义无反顾。四十年来,老一辈石油人的精神,已经融进每一寸管道、每一滴石油、每一方天然气里,支撑了祖国强大的工业和能源体系。而我们这一代,将是石油精神的继承者,也是改革开放新时期书写石油工业新篇章的开拓者。

(刘 畅)

我的十年

十年，七个工作岗位，一种初心，岗位并没有不同，不同的是每个岗位都有那份沉甸甸的责任心。

被数据亮"瞎"了眼

2009 年，一年实习结束后我如愿以偿地来到了梁平作业区，因为那时初入职的我幸运地被安排在传说中的"重要"技术岗位，想着等待我的定是些高技术含量的工艺流程等大业……

然而，现实却是夜以继日坐在办公桌方寸间，收集录入各种阀门参数，画流程图，因为恰逢 ERP 系统和完整性管理录入基础设备信息的初级阶段。由于部分设备铭牌丢失，为确保数据真实可靠，只能采取"傻把式"，查图纸和四处打电话咨询厂家，最难的是设备编号，大多被油漆覆盖，只能到现场设备 360 度查找，然后一个个用砂纸磨掉油漆核对。常由于找一个数据花上几天的工夫，那种无力感和挫败感记忆犹新。录入上万个数据进入系统后，眼睛近视度增加了 100 度。

这段经历告诉我，工作中，今天的付出终将在某一天让你尝到甜头。即使是统计数据、撰写会议纪要这些小事儿，也应用心投入。

"女汉子"养成记

翻开尘封的工作日记，"努力了、倦了、累了、哭了、笑了、结束了"是我人生第一个负责项目的记录。

2010 年 8 月 6 日，由于岗位调整，我转到了计量岗位，连高级孔板阀都没有清洗过的我要肩负输气管理处川东北环形管网"进气东大门"日进气量约 700 万立方米的计量管理使命。换岗后第一件"大事",组织忠县输气站"川气出川"计量装置超声波流量计首次检定,完全摸不着头脑的我到处咨询,电话打遍输气管理处整个"计量"圈,才完成检定方案编制。施工期间,头顶烈日,全副武装,感觉自己是一粒蒸笼上行走的小笼包。5点起床在检定现场和值班室之间来回 N 个 100 米奔波,头发蓬乱,汗水浸透工衣,用柴油洗螺栓双手沾满黑色的油迹,女汉子形象也随着检定工作的圆满完成而养成,却让我体会到努力工作后的成就感是无价的。

体验"爬格子"

前 8 年我一直奋战在输气生产一线,跃动在输气场站钻研工艺、计量,奔波在安全岗位致力于 QHSE 体系推进。但这一切在 2016 年 5 月 1 日重新归零,人生来了个 180 度大转弯,"弃武从文",从生产安全岗位来到营销战线从事办公室工作。

进入新岗位的我,倒背如流的站场流程、管网图、QHSE 工具无用武之地,曾经工作起来如鱼得水的我,现在只能唱着"重头再来"四处请教,学公文审核、学营销基础知识……白天请教"营销达人"分析大数据技巧,晚上捧着公文实用手册、文秘宝典等书籍"充电",长期从事生产安全岗位的那股子干劲儿依旧。

曾经的同事问我:"你现在工作肯定比以前轻松嘛。"我总是打趣回答:"哎,我就是劳碌命,走到哪儿,忙到哪儿。"因为我知道,其实每个人工作忙与不忙与岗位无关,关键是责任心和工作质量。

"重、苦、杂、难"是办公室工作四字真言。会议室和各办公室间穿梭是白天工作 8 小时常态。由于刚到营销战线,业务不熟悉,撰写总结更需要我投入更多,挖素材、嚼文字,反复推敲提炼,埋头苦干,要经过 10 余次修改,文字材料才能"出炉"。记得有年夏日,华阳限电供应,但要连夜写个发言稿,只能打着手电筒在闷热的房间里埋头创作,由于高温难耐,写一段儿,扇会儿扇子……

每篇文章、每件事,都当作有我印记的作品来做。因为"用手做事只能把事情做完,用脑做事把事情做对,只有用心做事才能把事情做好。"

原以为遥远的十年近在咫尺,曾经那个爱哭爱笑的小姑娘如今已是名副其实的"洪姐",十年的付出努力,十年的不断奔跑,收获的是成长,铭记的是感恩,感恩同事朋友,是你们的一路相伴,让我人生之路异常缤纷多彩。

(李 洪)

让我为你而歌

2019年的国庆,特别的喜庆。

国庆前夕,各种灯光秀、快闪、晚会、朗诵会、书画展……精彩纷呈。

地铁、马路、商铺、学校、街道;电视、抖音、微博、朋友圈;招展的红旗,怒放的鲜花,飘扬的气球,特色的景观造型……时逢新中国七十华诞,处处流淌的喜庆,将人们温柔包裹。

盛世有盛景,更有盛情。早在8月,我们便开始筹谋"输气人,为祖国歌唱"网络拉歌活动。

有那么一些歌,旋律一响起,你会跟着和。

有那么一些歌,耳熟能详、融入血液、刻进灵魂。

9月2日,预告片在公众号上一推出就引起了大家关注,有人留言:就像期待连续剧一样期待为祖国歌唱的声音。

5日,第一支歌《红旗飘飘》,在荔城合江激情开唱。短时间里,阅读量破千,留言过百,火爆朋友圈。

激昂的歌声,真挚的情感,直击人们内心虽柔软的地方。

"有幸,在最美的时光遇见了你!成就我生命中最鲜红的底色!"

"我在这里工作、恋爱、成家、生子,这里是我的青春;一草一木,一花一叶,一人一景,这里更是我的家。"

"这一抹红,是我心中最靓丽的色彩,身为中国人,我骄傲,身为输气人,我幸福。"

……

12日,悠扬的歌声在梁平坝子回荡,《我爱你中国》,亲爱的母亲!再掀一拨热潮,公众号阅读量直指5000。随即,成都输气人在锦绣蓉城唱响《在灿烂的阳光下》,仪陇输气人在两德故里唱响《我的中国心》,仁寿、重庆……国庆前后,为期2个月,10首歌曲将次第呈现,歌声顺着明黄的输气管道,蜿蜒盘旋,直至彝乡楚雄。诗言志,歌永言,歌声架起了最美的桥梁。

19日,机关开展拉歌排练了。我们选择的是帕拉萨特·巴合提演唱的《我的祖国》。为了拉歌MV的精彩呈现,我们在准备工作上下了许多功夫,提前订制了T恤、气球,准备了小红旗、70周年纪念贴纸、徽章。

音乐响起,众人开唱。

一群非专业人士聚在一起录制合唱,难度系数较大。即使只有一人做得不到位,也不能通过。歌词不熟悉,重新来;表情不到位,重新来;眼神不一致,重新来;情绪不饱满,再来。

这可是唱歌给祖国母亲听,要全力以赴,要完美展示。一遍一遍,接连两天,大家伙热情不减,歌声嘹亮。

"我把青春都献给你,愿你腾飞,光芒万丈。"这是我最喜欢的两句。无论是旋律还是歌词,一遍遍哼唱,一次次动情。当音乐响起,当众人齐声高唱之时,这种感情更为饱满澎湃。把手轻放在心口,和着音乐大声唱,把对祖国母亲最真挚、最赤诚的爱一遍又一遍地表白:"即使是最质朴的声线,也有最荡气回肠的表达。岁月更替,生命起伏,我的祖国,让我永远为你而歌。"

(张慧敏)

我看晚霞时 不做任何事

不知从何时起,我对晚霞有了一种特殊的感情,既期待它的出现,又害怕它悄然溜走。晚霞虽美,却又昙花一现,没有人能留住它,静静地看,也许就是对美景最好的回应,就像《悟空传》里面紫霞说的那样:我看晚霞时,不做任何事。

"7点到现场,先点长明火,等待放空。"赵雨佳接到任务后便和黄刚一起赶往岚峰阀室,黄刚说道,"这次工程我们守岚峰阀室,运气还可以,地理位置比较高,看晚霞很舒服。"

到达岚峰阀室后看了看表,7点40分,火红的太阳依然挂在天边,丝毫没有"我要下山了"的感觉。"走,先点火。"赵雨佳带着工具往放空区走去。"时间差不多,把火点了出来,正好可以欣赏晚霞。"黄刚一边打开放空阀一边说。

来到被太阳暴晒了一天的放空区,赵雨佳戴上手套,熟练地将长明火点燃,"跳跃"的火龙好像给我们比着一个胜利的手势。气温瞬间飙升,汗如雨下,在7月的山城,能有这样的体验,也别有一番滋味。从放空区回来的我们,浑身湿透,擦着汗水,"快到阴凉坝下休息,正式放空估计要等到9点左右,现在是空闲时间,过几分钟就可以出来看晚霞了。"黄刚走上前,递了两瓶矿泉水。

"快来看,好漂亮。"休息了几分钟,黄刚便跑来叫我们。站在几米高的平台上,前面是一片停车场,居高临下,周围没有任何建筑物的遮挡,不得不说,这的确是看晚霞的好位置。很显然,我沉浸在了这美丽的晚霞中,黄刚指着日落的方向和赵雨佳说了些什么,我也没听清,也不在意,映衬着他们俩的红工衣、安全帽,我觉得"美爆了",没有任何事能打断我欣赏如此美景。

太阳渐渐地消失在远处的高山里,虽然我意犹未尽,但是我知道,接下来的几天,我都会在这里看到它。回过神的我拿出手机,放上一首《大话西游》的主题曲《一生所爱》,特别有感觉,赵雨佳问我是什么感觉,我笑了笑:"我也不知道,总之很舒服。"

二十分钟后,指挥部打来电话,准备放空。黄刚站起来:"看晚霞时,我们都没有做任何事,现在晚霞看完了,该做正事了。"说完便拿起工具向放空区走去,等待我们的是几个小时的放空和注氮,丝毫不能松懈,丝毫不能大意,和欣赏美景一样,一心不二用。

我想,看晚霞是一种习惯,做事是一种态度。

(黄 然)

另一个家

"小卢,快春节了,还走管线呢。还不回家过年?"王大娘抱着半年没见却长高不少的孙儿问我。我挠着头,看着满脸幸福的王大娘,对她说道:"还回不了家,管线还要检查呢。"便头也不回地走向下一个测试桩。

家,一个熟悉又看似平凡的字眼。对远在他乡的游子,家是他们的归宿;对边疆哨所中的士兵,家是给予他们力量的后盾。家可以不大,却总是充满亲情和温暖。

春节越来越近,班车越来越难坐,村道上的小车越来越多了,越接近晌午,鞭炮声越密集。走过一家又一家农户,看着一家又一家人围坐在一起,不知不觉心头涌上一丝落寞。说不羡慕,怎么可能,毕竟家才是真正的港湾。

为了保证管线平稳运行,为了让千家万户放心过好年,只有踏踏实实走完这程管线才能回家。当奋力爬上山顶,寒风似刀子般呼呼地吹着,无情地刮在未褪去潮红的脸上,喘一口粗气,回身望望来时的路,里程桩如从前一般,一根根矗立在田里。终于明白,孟浩然为何会写出"日暮征帆何处泊,天涯一望断人肠"此等诗句。山顶的寒风依旧狠狠地吹着,人儿却早已背着身上的使命,渐行渐远……

坐在回站的车上,望着窗外不断更换的景色,脑海里不知何时开始浮现出平时严肃的父亲和把我当成宝的母亲……

"气站到了,下车了,"售票员一声提醒,打断了我的思绪,那一幕又一幕的回忆,也如摔落的镜子般支离破碎,未回过神,客车已从身旁飞驰而过。

刚进站场大门,便听见和蔼可亲的站长喊道:"开饭咯,今天小年，趁你两个管护工都在站上，我们还是整个团年饭嘛。"面对一桌子丰盛的饭菜，看着那腾腾的热气，顿时暖到了心窝。我突然想到，每逢走完管线，哪次不是第一时间想着快点回到站上？站上有和蔼的师傅们，有无话不谈的同事，有如同手足的兄弟……输气站场也是我的家。

　　一样的星，一样的月。站上的夜晚，看不见万家灯火，比不上火树银花不夜天般的市区。但一盏灯，一桌可口的饭菜和一桌欢声笑语的人，替代了繁华都市太多太多的东西。饭后，看着站上那刚挂上的灯笼，是如此的红火温馨。家，其实并不需要过多的修饰，有你们，有温暖就足以。

　　夜，已深。伴随着呼哧呼哧的气流声，辛苦了一天的人，也渐渐熟睡过去。

（卢华中）

朴素的力量

"大雄！快起来干活了……"

拍了拍睡眼惺忪的脸，简单洗漱后，我穿上了工装，看了看窗台，就连窗帘也遮挡不住这七月朝阳射进宿舍的光。

在这清晨，隐约还能看见山后面的满天红云，如同满海金波，像一炉沸腾的钢水，喷薄而出，如此灿烂耀眼。

七月流火，早起工作是最实用的减少酷暑伤害的方法。附近的农民都是日出而作、日落而归，但不管怎样，也很少能有比输气站上的人们起得更早的人了。

小站上，我们干得热火朝天。

"这里需要打油。"

"这里有锈。"

汗水打湿了我们的额头，甚至都止不住流进了双眼里，摆在我们面前的是昨天晚上暴雨后需要重新除锈和抹油的设备。我们的双手已经被黄油和凡士林弄得油腻腻的，但是斗志依然未停歇……

"细点心，这里的锈没弄干净，不要以后回来返工。能一次干好的事就一次干妥。"是啊，即使这点锈有万分之一的概率会引起事故发生，也应引起我们关注。

处理站场上的设备问题是我们每天最基本的工作之一。此刻，此起彼伏的鼓劲声和砂纸在设备锈蚀上摩擦的声音，与不远处拿着工具跑来的同事那鞋底和工艺区石子儿碰撞的声音，便是饱含站场氛围、最具输气特色的美妙和弦……

每天干完活之后，最享受的时刻便是坐下来，谈谈一天中遇到的问题和处理的方法，总结给自己和他人，以提高之后工作的效率。有时，大家会因为遇到过同样的状况有感而发，我们有说有笑,好似忘掉了一天辛勤劳动后产生的疲劳。

辛苦了一天后,最期待的莫过于吃饭的时光。厨房的师傅们顶着高温,为我们精心烹制着美食。一粥一饭,当思来之不易;一饮一啄,饱蘸苦辣酸甜。井站的餐桌上,越是弥足珍贵的美味,外表看上去往往越是平常无奇。辛勤劳动给全身心带来的满足,从来也是如此。

不管你我是否情愿,生活总在催促我们迈步向前。人们整装,启程,跋涉,落脚,输气管线延伸到哪里,哪里就会书写一段传奇。无论我们的脚步怎样匆忙,不管聚散和悲欢是怎样交替而来,总有一种输气站场精神以其独有的方式,每天在脑海里提醒着我们,认清明天的去向,不忘昨日的来处。

输气站场里的人们,朴素,但有力量。

(郑剑雄)

游戏和生活

我是个足球体育类游戏 FIFA 的忠实玩家，即使加班到十一点，回到家也会抽空玩上两把。技术水平虽然有限，但是好在对游戏的热爱，虚拟世界的每一次进球总能在疲惫的晚上带给我无穷的乐趣。十年光阴，游戏已经融入了生活，而游戏却让人更加思考生活。

进攻还是防守？玩足球游戏，取胜是结果，进攻与防守是通往胜利的不同路径。选择进攻为主，还是防守为先，这个就是每个人不同的取舍。有的人认为进攻就是最好的防守，前场的优势能够弥补后方的薄弱；有的人则认为稳扎稳打最为重要，做好防守，适机反扑，一招制敌。

生活同样给了我们这样的选择。是采取较为积极的方式处处争优，迎头而上，还是稳扎稳打，一步一个脚印。不同的人有不同的风格，能够排除场外干扰，找到属于自己的风格才是生活的关键。攻势足球可以快速地解决防守难题，防守反击也可以打不美妙的进攻配合，每个人都需要找到适合自己的风格特点。

花式流还是朴实流？游戏中常常遇到两种打法，花式流与朴实流。前者喜欢在游戏中玩各种花式踢法，拉球过人、彩虹过人，享受炫酷动作带来的刺激；后者则多采用短传、长传调度，在朴实无华的传递中寻找进球的机会。

不管采取哪种打法都需要对游戏有着一定的联系与思考。玩转花式需要掌握时机，短传配合也需要敏锐的嗅觉，在一刹那之间发现制胜的机会。生活中每个人都在为自己所想而奋斗，有的人讲究潇洒绚烂，有的人则喜欢平平淡淡。我们可以活的"诗与远方"，其实也可以过着柴米油盐酱醋茶所谓的"眼前苟且"。生活的方式在于每个对生活的想法,对自我的认知,我特别的喜欢一句话:房子是租来的,但是生活是自己的。

放弃还是继续?既然是游戏,肯定就有输赢,一场比赛往往伴随着比分的交替。我可以半场三球领先,也可能 20 分钟不到,被人连进四球。当比赛落后时,放弃还是继续就成了一种选择,是认清了实力差距放弃这局,快速地进入下一场的比赛;还是继续坚持自己的打法,找寻扳平比分的机会。这样的抉择往往考验着玩家的选择和生活的态度。生活就是这样,总会遇到不同的瓶颈。我们努力坚持,或许可以创造更多的奇迹,登上另一个人生的高峰;明白急流勇退这一道理,能够看清形势,懂得进退,这也是一种大智慧。

在电子竞技如此发达的今天,我们的生活已经离不开游戏的调剂。电子游戏不再是当初的洪水猛兽,反而可以开导我们的生活与工作。

生活给我们的不仅是挑战,更需要快乐。

(曾 洋)

玉峰山下牵牛花

初夏的玉峰山,风景秀丽,繁花竞开。

踩着布满青苔的路面,带着沉重的检测设备,我行走于乡间的水泥小路上。雨后的山间,空气特别清新,混合了泥土、青草和树木的味道。偶尔远离城市的喧嚣,使人获得暂时的宁静,顿感心旷神怡。跨过潺潺流水的小桥,蹬上崎岖不平的湿滑小坡,抬头望前,忽见繁星点点般的一大片粉白色牵牛花丛,心中不觉为之一颤,好美的花!不觉放缓脚步,驻足观赏起来。

映入我眼帘的这些牵牛花薄如蝉翼,散发着阵阵清香,在宁静的清晨里,借着雨露的滋养,默默地积蓄着力量。它们有的在竞相舒展花冠,有的含苞待放奋力张扬,还有的花蕾在等待时机昂首怒放。看着如此生机勃勃而又灵动的小野花儿,我却舍不得摘下一朵来。细看连接花朵的藤蔓,也很具特色,这些藤蔓相互交替缠绕,顺着附近植物枝条盘旋而上,一根根青藤,仿佛一条条淡绿色的输送小管线,将营养静静地运送至终端的花和叶。

有人说牵牛花清晨尽力展颜一笑只为不负晨光,它的清新、纯洁与转瞬即逝像极了爱情、冷静与虚幻的花语,也恰如其分地诠释了"一万年太久,只争朝夕"的内涵。在作家叶圣陶的心中,牵牛花是对朴质生活最好的品味,是对潜移默化"生之力"最深的赞扬。牵牛花的确是平凡的,乡间田野随处可见,它没有玫瑰的浪漫多情,没有牡丹的雍容华贵,没有茉莉的清新淡雅,没有荷花的亭亭玉立,没有菊花的脱俗清高,也没有梅花的暗香迷人,但它有如朝阳一般的温暖,若春雨一般的润物无声,纯洁灵动、坚持不懈、不断上进,开于荒芜之间,点缀山野乡林,默默展现生之绚烂。

我加快了脚步,沿着一路黄的、白的、红的繁花来到了目的地。输气管线的黄色标识桩已被层层叠叠的草木掩盖了，隐约可见其身影。卸下检测设备，安装到位，之后便是耐心的等待。想着地下的这条输气管道将天然气输送至千家万户，或百姓生活所用，或工业生产所需，我的内心掠过了些许成就感和满足感。不多时，一名身穿红色工衣的巡线师傅和一名80岁左右的老汉相继来到路边与我们攀谈了起来。

巡线师傅说话面带微笑，阳光乐观，方言口音浓厚，每日的徒步运动，让他步履矫健，精神焕发。他干巡线护管工作已有多年，每日的必修课便是巡一次管线，就为这地下管道的安全平稳运营。据老汉描述，村里的年轻人都到大城市去工作了，留下的都是些老人，部分田地还有人耕作，好些都已经杂草野花丛生了。再过二三十年，估计这里就会成无人区了吧。那时，这玉峰下还能留下些什么呢？一道道弯弯曲曲爬满黄绿青苔的小路，一湾哗啦哗啦绕石流淌的清水，一条蜿蜒起伏翻山越岭的黄色输气管道，一根根笔直站立写着文字的标示桩，一个个穿梭于山间林野的输气人红色背影……

忽然觉得我们就像是开在这夏日清晨黄色管线上火红色的牵牛花。脚下的这条管线承载着输气人的青春，这是他们的责任，也是他们的生活。一代接着一代，生生不息，前进不止。安全平稳输供气，不仅限于语言，更要融入每一位输气人的日常点点滴滴的工作之中。

（彭　阳）

唱给青春的歌

2019年7月5日,李宗盛在广东佛山开演唱会,吸引无数歌迷。弟媳妇抢购到票,朋友圈里,一时被李宗盛刷屏。

妈妈则在微信上絮叨着,一个60多岁的老头子了,还要开演唱会,票价还高得很,这些明星的钱才好挣喔。

母亲的感慨我能理解,一辈人有一辈人的思维和生活方式,所以才会有代沟一说。但弟媳能在现场听李宗盛唱歌,我更艳羡,可是佛山太遥远,我早已过了追星的年龄。

朋友圈里,现场观众如痴如醉,经典好歌频频登场,个人最爱《山丘》。

"也许我们从未成熟,还没能晓得,就快要老了,尽管心里活着的还是那个年轻人。"这样的歌词怎么能那么轻易地直击内心呢?

突然想起,20岁的那一年,和亲朋一起沿268级石阶登上五粮液酒厂"酒圣山"山顶,观滚滚岷江,看宜宾城区,全厂风景尽收眼底。登高望远,特别容易让人心生感慨,同行的小姨父对我说:"这是你最好的年华,既要好好享受,也要格外珍惜。"时隔快20年,我依然能清晰记得当时的画面,我想,应该是小姨父当年脸上那种神情打动了我,那是人到中年,对青春的无限追忆和留恋。

有人说:"年少不听李宗盛,听懂已是不惑年。"曾经,"80后"也算青春的标记,如今,"90后"都已经奔三了。我这个"80后",不正飞一样地奔向不惑之年?

"因为不安而频频回首,无知地索求,羞耻于求救,不知疲倦地翻越每一个山丘。"有些歌,初识不知曲中意,再听已是曲中人。

1999年,我参加工作,搭乘着时间的扁舟,从宜宾到合江,从仁寿到成都，围绕着输气管线，书写着人生的轨迹。2019年，是我在输气行业工作的第20个年头了，于我的人生，是一段最好的年华，可在强大的时间机器面前，又是那么短暂一瞬间，不值一提。

"越过山丘，虽然已白了头，喋喋不休，时不我予的哀愁。"有些歌，少年难听懂，如今怕听懂。

最近，我参与了输气管理处庆祝新中国成立七十年"忆输气诉情怀"口述历史、老物件、老照片资料征集活动。一位宣传界的老前辈交来了30多年前的讲课手稿，整整34页，纸张已经发黄受潮，边角磨损厉害。翻看内容，却是那么的丰富、严谨、专业。这些在岁月中沉淀的历史碎片，每一页都可以看到时间的痕迹。一些老专家交来了手书的口述史，字迹工整，卷面干净，一页一页，字里行间，老石油的赤子之心跃然纸上。还有老同志交来新老照片若干，附上了详细的照片说明，那些黑白的照片上，一张张年轻的脸庞意气风发。时间匆匆，吞噬了青春的容颜，老一辈石油人严谨、认真、细致的工作态度无法磨灭，点点滴滴，汇集成满满的正能量，点燃心底的激情。

一个时代有一个时代的使命，一代人有一代人的责任，我们都在不断越过一座又一座山丘。一起踏着时代的步伐，无论时光如何流逝，生命怎样起伏，尽力唱好自己的主题歌，就是献给青春，献给自己最好的歌。

（张慧敏）

啊，楚攀

中国彝乡，阳光攀西，楚攀亮剑，宝石花开。

190千米钢铁巨龙承载着中缅"国脉"之滚滚气龙，穿龙川、越勐岗、走烂泥田、飞大峡谷，一路浩荡蹄疾，一路豪歌天涯。

恢宏，我楚攀。大美，石油人。

2017年2月21日，火红的攀枝花与璀璨的宝石花相映生辉。中国石油西南油气田公司与中共攀枝花市委、市政府达成"相约2018共襄缅气入攀"盛举。

7月28日，铁血石油人在美丽彝乡与楚雄儿女结盟，共同开启寓意吉祥水晶球。输气管理处与川港公司联袂搭台，四川油建、管六铁军、大庆健儿、川庆蜀渝等一众好汉悉数登场。

10月26日，乘着党的十九大胜利闭幕的大气东风，楚攀管道第一枪在中国苴却砚之乡——攀枝花市仁和区迤沙拉焊花飞舞。

弹指间，沧海桑田。

190千米管线、9座阀室、一个跨越、三条中型河流穿越、一组隧道群、一座输气站，共计8处高速公路、铁路穿越……在苍茫大地上拔地而起、飞架南北、贯通东西、横空出世，安全环保、质量工期一一受控。

不要人夸颜色好，但留清气在楚攀。

建一个工程，树一座丰碑。一条条"宝石花路"，连起了彝族兄弟的小康路；一本本书籍唤起了小老表的追逐梦；一点点心意，助燃了火把节的燎原之势……

中国石油的承诺，我们兑现。彝乡的腾飞，我们见证。走进新时代，我们高扬"奉献能源、创造和谐"大旗，为中国最大的彝族兄弟聚居区打气！

（裴　林）

华夏之梦

七十年波澜壮阔,七十载砥砺前行。七十年既是一圈漫长的年轮,也是一个国家的足迹。七十年后的今天,呈现出的又是一个如画如诗的画面。

百余年前,历经沧桑,列强剥削,封建主义的刀光剑影,中国,依然用自己的脊梁担负起整个华夏的希望。中国经过耻辱之后,正大步向前。"中国人民从此站起来了!"这是东方雄狮的呐喊,霸气凛然,威震四方。

看,华夏之梦正游走于世界中央,是为继往开来之盛世。而这期间,有悲有喜,痛与歌,茫然与明朗,而这一切揉作回忆,烙印在每一位同胞的心中,且顾且盼,顾往事之非,盼来者之可追。子在川上曰:"逝者如斯夫,不舍昼夜。"愿祖国同江河海洋般,生命不止,发展不息。

看,现在的中国,阅兵式上,英姿飒爽威风凛凛的军人们;奥运会上,运动健儿在赛场上为国争光;华为5G技术领先全球;世界杂交水稻之父袁隆平,继续追梦高产水稻,解决世界粮食问题……身为祖国母亲的儿女,我们倍感骄傲和自豪,在这样一片土地上生活,有着如此强大祖国的支撑,我们可以大胆地去追求自己的梦想。

伟大的祖国,是鸿蒙初霹,是惊天动地。我们作为一名普通党员,更要努力为"平安输气"事业贡献自己的一份力量,秉持着"不忘初心,牢记使命"的决心,扎实做好每一件事,向英雄先烈们学习,向石油先辈们看齐,学习他们的品德和精神,为建设"气大庆"而努力奋斗。

(唐子琳)

做事

滚烫的天气，连续的清管，还有那带着铁粉"酸爽"味道的颠簸的皮卡车都像极了颗颗酒曲，让这几日不好的情绪不断发酵。

很多时候，一件小事都会如一根尖针刺破气球那般，让积聚的烦躁瞬间爆炸；仅仅只是手轻轻地磕到了文件柜上，竟令自己倍感郁闷。

因为近期业务工作调整，我负责了部分新的工作，因为这部分工作暂时只有我一个人来做，而且感觉是自己能力范围之外的事情，所以有些许的困惑，常常会产生自己不适合做这份工作的质疑。

熟悉的夜晚，19点来到办公室，从要移交的资料中找寻一些需要的数据信息，却偶然地打开了一个2016年的文件夹，里边全是自己在3年前做的文档，预案、信息、各类表单。随意回顾，却不断摇头，有一丝哂笑和尴尬，以前的初稿实在是有失水准。我想，3年前的自己一定不是一个合格的员工，而现在却一目了然当年文案的青涩。

心绪不宁，放下鼠标，再翻看着手机里储存的照片，一张姚明的表情包映入眼帘。是啊，姚明在初入NBA挑战困难模式的时候，也有被马布里晃倒在地的窘境，然而他也确实让巴克利尝到了亲吻驴屁股的滋味。

做自己能力范围里的事情总是那么容易，导致我们不愿意跳出自己的舒适圈，因为一旦踏出，不知道自己会遇到多大的困难，不知道自己能否hold住全场，却都知道，疑惑、迷茫、害怕，是不敢踏出那一步的原因。

也许下一个3年以后的自己，审视今夜，也会有相似的感受。

很多时候，并不是自身能力不足，而是自己给自己构筑一方舒适的天地，毕竟能力范围内的事情，经验使然，无须太多思考，但，你想这样吗？人，总要不断挑战自己。

去洗了把脸，拿起鼠标继续战斗，那一刻聒噪的蝉鸣好像都消失了。想起了功夫熊猫里说的一句话："如果你只做自己能力范围之内的事情，就永远没法进步。"

（王若檬）

初心的选择

在大热的《朗读者》栏目里,有一期是关于"选择"的主题,曾如是说道:"选择是一次又一次自我重塑的过程,让我们不断地成长,不断地完善,并最终留下属于自己的独一无二的风景。"

如果说一个人要保初心不忘本,那就必须牢记自己从何而来。对自己来说,这个口中如今已经荒弃的烟坡石油基地,就是凝结了年幼的我,乃至是父辈的前半生、祖父辈后半生的所有身与心,思想与行为的地方。

这里的石油建制历史,甚至可以追溯到抗战前后,距今已有80多年了。关于这段历史,就不能不提到被誉为中国近代天然气工业"母亲井"的巴1井——1937年11月6日,在巴县石油沟,也就是如今的重庆市巴南区安澜镇石油沟村,巴1井正式开钻,而由此形成的石油沟气田,也成了川东气田开发迈出的第一步。

当然,对我们来说更为熟悉的时间段,则应该是从"石油沟气矿"这个名字的存在开始算起的——新中国成立后,当时的石油沟矿场随着重庆的解放被正式接管,经历了1955年组建石油沟区队的改制,直至1958年成立了更为耳熟能详的石油沟气矿。自此以后,作为第一代石油人的祖父辈从五湖四海来到了这里,将一腔热血投身于壮丽的事业,深深把青春和人生落地生根于此。我的父辈大多出生在这至今看来仍是偏塞寂静的山坳里。

20世纪70年代后期,随着川东气田勘探开发重心的转移,气矿驻地搬迁至长寿县(今长寿区)云台镇(如今的云台石油基地),烟坡基地逐渐不再变得热闹。但是,老一辈多数仍留在了这里守望,直到人生的最后。而在我年幼的记忆里,这里的楼与房,花与草,以及不时从窗外飞过的鸽子,倒是留下了类似三味书屋般的童趣。

再度回来,聆听着父母再次讲述在附近中学读书时从远山为学校拾柴火的少时经历,踱步于周边成为危楼甚至早已被拆除殆尽的建筑遗迹,回忆起深层记忆中长辈对自己言传身教的点滴片段……尽管曾经在这里的一切在以各种形式离去,然而心中并不悲伤。

为什么要悲伤?春夏秋冬、生老病死,都逃不过世间的自然法则循环。既然有了蓬勃的新生,自然就会有沉寂的消亡。一批人接着一批人,送走了旧的,迎接了新的,甚至在这过程中也把自己留下了……没有一成不变的归宿,因为在路上行走中就是我们的归宿。老基地的落寂,恰是川东气田主战场转移并由此迎来新征程的标志,川油精神从未离开,更没有褪色!

哪怕内心有挣扎,哪怕人生会遭遇悲欢离合,我们的选择,也从来没有发生过丝毫的动摇:时代在变,观念在变,但对每一代的石油人而言,我们的血液骨髓里,都充满着这种细胞,选择——从未偏差。

所谓初心是什么?其实用一句被调侃得烂大街的"终极问题"来总结,就是:你是谁?你从哪里来?你又要到哪里去?

这不需要回答——初心的选择,就是答案本身。

临走时,抬眼注意到路边一团熟悉的黄色。走近一看,原来是D813南干线东段的管线标识,以及重庆输气作业区树立的管道保护《告示》。我不禁一笑:岂止是不死,连所谓的"慢慢褪去"也是没有的。改变的是方式,不变的还是那步履不停的奋进。

(薛 超)

安岳石窟游记

国人言石窟,必称云冈龙门,却不知巴蜀亦是佛教昌盛处,唐宋造像星罗棋布于巴山蜀水间。然关山险阻或分散乡野,又因巴蜀地区是沉积岩,石刻造像极易风化剥蚀,加之人为破坏,四川安岳石窟为人称道者鲜,故人不知、名不扬。我认为四川安岳石窟造像群,犹如菩萨身上精美的璎珞,是中国北方大规模造像结束后,南方地区造像最后辉煌的发轫。有上承云冈龙门,下启大足石刻的重要地位,是中国古代石刻又一伟大宝库。

2019年春节正月初三,我由成都出发,3小时后到达安岳县城。第一站是位于县城东南一千米的云居山圆觉洞,这是国家级重点文物保护单位。所谓圆觉,即觉你、觉我、觉他,觉行圆满者,意为不分你我,觉醒成佛。云居山造像以北岩为胜,起于唐盛于两宋,其中净瓶观音、拈花释迦牟尼、莲花手观音三尊佛像高达7米,且雕刻精美,仪态万千,历经九百年岁月保存完好,乃北宋佛造像之精品、绝品,首站得以观礼,顿生无限欢喜之心。

安岳石窟多分布在西北与东南两线,本次以东南的石羊场为目标,约有60千米乡村道路,临近石羊场,因为春节上香者众多,车速缓慢。我们第二站是毗卢洞。毗卢洞有中国最早的一处北宋密宗道场和精美绝伦的紫竹观音,成为国家重点文物保护单位。毗卢意为清静法深,开凿于北宋。毗卢洞以毗卢遮那佛像为中心,左右两侧分上下两层刻柳本尊十练图像。柳本尊是唐代四川乐山人,专修密宗,自称四川密宗第六代祖师,其以烧炼身躯、施舍器官苦修,实为"川密"。其十劫修行图规模宏大,内容丰富,布局严谨,艺术精湛。既有雕塑的直观图像又有文字解说,极富观赏价值。

毗卢洞第19窟是著名的紫竹观音,观音坐于山岩蒲草上,左脚踏莲。面相丰润秀美,头戴化佛高花冠,袒上身,披云肩,饰璎珞,左手撑地,右手抚膝。披帛绕肩垂于体侧,下著长裙似随风飘荡,妩媚多姿。紫竹观音雕刻极为精细精美,为安岳石窟造像之上乘之作。

明代万历装修碑评价曰:"盖世佛像无不精辟,其最美者,唯观音庵,栩栩如活,飘飘成仙,朗之生敬,望之俨然。"毗卢洞另有供养人龛,题刻人名于造像一侧,由此可见佛教曾经的繁荣昌盛。

下午往第三站华严洞。华严洞位于石羊场赤云乡之箱盖山上,开创于宋,现存两大窟。华严三圣窟正壁刻华严三圣像,此窟以造像精美、场面宏大、内容丰富、保存完好著称。另有刻于南宋的大般若洞,儒释道同居一室,可见中国人各取所需的实用主义价值观。华严洞也是国家级文物保护单位。

下午5点又往第四站孔雀洞。孔雀洞在公路一边,由当地农人代为看守。孔雀洞孔雀明王像据说原在农人厨房内,长年烟熏火燎,造像烟灰满身。窟内正中刻圆雕孔雀,其上结跏趺坐一头四臂的孔雀明王。明王头戴化佛宝冠,身著双领下垂大衣。右上手已毁,右下手托贝叶经。左上手执莲花蕾,左下手捧蟠桃。孔雀洞后山顶建有一高台基单檐式经目塔,高15米,石柱刻佛经经名,24根共刻144部经名。石塔古朴庄严,呈现晚唐风格。2006年确立为全国重点文物保护单位。

此时已到傍晚6点,因天色已暗,慌忙中遗漏了山顶的唐代经目塔,而茗山寺更有路程,朋友告诫路窄难行,我们便结束此行返回成都。

(贺　宏)

第四辑

温暖与你一路同行

遇见你时
阳光正好，微风不燥
我们彼此吸引
清洁、专业、安全、诚信、品质
尔后，52载时光里
我们紧密相连
共同将温暖次第送达

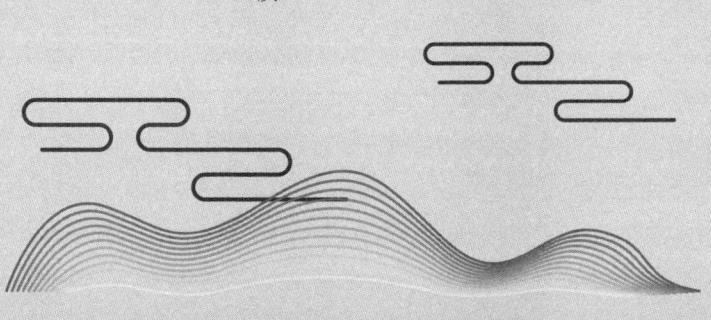

采输工人献青春

记忆犹新六一年,
石油学校巴渝班。
风华正茂年轻人,
千里管线留足迹。
一万五千日和月,
披星戴月汗和累。
采输站场献青春,
酸甜苦辣都自知。
当家才知兴家苦,
守业方晓创业难。
石油工人多荣耀,
我为采输献青春。

(张坤华)

如歌的行板(组诗)

(一)

从未想到
会以这样的方式踏入旅程
道路发着光亮,在泥土的下方
来自地层深处的呐喊
在吸着空气的金属里狂奔

走过田野
风中有稻子碎裂的声音
什么树已认不出
我只是想
脚下
每一道里程桩都曾收藏阳光

翻山越岭
默默支撑着我身体
是连绵蜿蜒的管道
一步两步
跨过去是无法丈量的人生

我不知道
这条路已走过多少遍
泥土下的金属粗粝而沧桑

时间的年轮碾过它每一寸肌肤
也刻在我黝黑的脸庞

日复一日
我重复着平凡的充实
如歌的四季
在风中吟唱
歌声里有一个巡护工的梦想

(二)

明黄的管道
在方寸里穿梭
这昔日的小站
让经过它的时光变得漫长

岁月里
我孤寂的学会成长
一身红装
是不变的霓裳

时光里
我轻轻地行走
穿行人的眼
装满了深邃的黑暗
还有喷薄的朝阳

墙的那头
是怎样的辉煌
所有记忆的细节都在这路上
展开
气流在哼唱
述说着关于蓝金的断想

风向旗下
责任被悄悄地拧紧
就是这方寸
埋藏着曾经的梦想
这里没有喧嚣
只有甘于平凡的坚守

有一种力量
正努力用海绵吸走疲惫的涟漪
平安的画卷
在跃动的数字中
铺展着一名输气人的畅想

时光转动
足以安放中年的苍茫
夜色下
怀揣梦想的我
收获了银辉满舱

（罗　晔）

碧池清梦

一直以为，荷是带着禅语而开的，不然，她总会是众生的贪念、佛的宠爱、我的痴迷。

听说，泸县龙华村的荷花开得正艳，没有约定，我便如风般地来了，像赶一次花海，赴一场法事。其实，我与荷有着多次的邂逅与清赏，只是在不同的时节、不同的地点，有着不同的风范、不同的心情。今日的到来，更像是故人的探访，有着熟悉而又温馨的感动。

金色的朝阳蓬勃着、热烈着，五百亩的荷田迎着倾泻而下的阳光，任清风扬起光洁滑润如绸缎般的碧绿，去连天、去接地。荷花披着浅色的彩衣，在水中投着潋滟的清波，红的、粉的、紫的、白的、绿的，或骨朵，或半开，或全开，或半开半落。清风徐徐，衣袂飘飘，她们以淡然的姿态，唱着涤心的禅韵，舞着清雅的风情。而莲蓬，一朵朵圆润殷实，或傲然挺立，或娇羞低头，让低飞的蜻蜓，驻足轻吻，让赏荷之人，作悠长的怀想。盛夏的荷塘，有着春的浪漫，亦不失秋的华实。

荷是人的风景，人是荷的点缀。那身着旗袍撑着油纸伞优雅走过的女子，让人想起线装书里的红颜，想起温婉多情的江南烟雨，想起唐诗宋词里的古朴雅致，亦令人想起湘南那个如莲的女子——子莲。

一叶新荷载着几颗水珠，凌波而动，是谁撩拨着城南旧事？竟让晶莹的水珠，像子莲于心的渡口，等待不归人剔透的泪，有着入骨的清凉。才俊流溢的轩，似流星灿耀地划过子莲青嫩的年华，便憾然遁迹，永不复见。在如水的光阴里，子莲留得住潺潺的小河，却招不回西去的白鹤。缠绵的心痛，深醉的痴情，让她放下俗尘的一切，带着悲欢的记忆，踏入庵门，削发三千，伴青灯古佛，继续着人世的清修。

其实，某些人注定只是生命中的匆匆过客，匆匆地到来，又匆匆地离开，只是想留下一地的记忆，让你去捡拾其中的美好，装饰你的人生。

有人说，何苦固执地坚守一生，只为一份心灵的交集；何苦错过无数的相逢，只为一段刻骨的相知。可是，在百媚千红的尘世里，又有多少相逢可以重来，又有多少相知可以铭心！

迤逦的历史长河，淹没世间无数的陈年旧事，载走人生许多的风雨年华，而子莲，清丽如梦，洁净若莲。

抬眼处，莲荷滋长，佛缘渐生。微微静绽的荷花，层层花瓣虔诚地拥着莲座，似在静候佛的飘然而至，仿佛整个荷塘都沐浴着清幽的梵唱。所有的过往都静静地沉寂，所有的杂念皆已逃离，唯留素心一瓣，与荷诉说着一种随缘的喜爱，一种空灵的禅意对白。

低飞的蜻蜓影，梵唱的菡萏音。在清越流转的梵韵里，凡俗的我们，不能像子莲，做一朵佛前的清莲，唯有让灵魂寄宿在红尘之外，赏荷的出尘而不负重，飘然而不虚浮。

回眸时，碧波里，雾海中，一位佳人，手握横笛，吹一曲四时弦韵，奏一首岁月轻音。闻乐而舞的白荷，舞尽欲说还休的妩媚，褪下几层素衣，静落在万千莲叶之上，让痴守荷田的蛙虫，作一次飞雪的幻想。

碧池静美万般好，总有花尽谢幕时。我，在风起的碧烟里，在荷的开合间，沉醉于清心的梦。梦里，落尽烦琐，洗尽铅华。

（石晓波）

穿越千年的凉面

近日秋雨阵阵，想着上次休假回家，幸而尝得家母早已备好的凉面，依旧清凉爽口，麻辣的香味不断刺激舌尖，回味无穷。

营山凉面是我的家乡营山县的特色小吃，麻、辣、咸、香四味兼备，清凉爽口。因其面条细嫩清爽，佐料香辣味浓，色香味俱佳而远近闻名，曾获得第十九届中国西部商品交易会"知名畅销产品"殊荣。

小时候最盼望回老家过暑假，这样就可以每天中午趁大人午睡后，欢天喜地的和小伙伴们偷偷跑到江边捉鱼、抓螃蟹、捕知了。那时候的知了还是小朋友们的玩伴，如今早已变成餐桌上的佳肴。

到了下午五六点钟时，县上的师傅就会推着小推车，准时出现在街上。

"酸辣粉儿，凉皮，凉面……"

伴随着响亮而清脆的叫卖声，我们知道，该回家找大人拿钱了。当然，有时候父母也会主动吩咐我去买一碗凉面回去当晚餐的配菜。凉面下稀饭，这算是营山老百姓夏天一餐的标配了。

之前看过一档节目介绍，说凉面与古时候的"冷淘"有一定的渊源，据说唐时已十分流行吃冷淘。杜甫在《槐叶冷淘》中说"君王纳凉晚，此味亦时须"。他笔下的凉面大概是冰镇过，不然怎会"经齿冷于雪"。当然，诗人总是爱夸张嘛。

不知杜甫是否会做凉面，但艺术家倪瓒肯定是个烹饪能手。这位重度洁癖者在《云林堂饮食制度集》中，记载了50多种佳肴的制作方法，为世人贡献了一部美食圣经。要是他活在当代，美食领域的粉丝估计不会少于艺术领域。云林的菜谱中有一项是《冷淘面法》，作为苏南地区的冷淘，其做法与我家乡营山凉面差异甚远。云林吃的冷淘制作方法复杂，还要放上鱼肉，不知这是他自己的讲究，还是苏南地区都这样做。无论是杜甫还是倪瓒，古时的人，吃上一碗面也是充满了诗意。

  不管什么风味的凉面，让我们吃一碗吧，然后向夏天道别。

（唐子琳）

春

前夜那一场雨
充斥着初春丝丝凉凉的味道
春燕惊喜衔起田边湿润的泥土
迎来了春天所有的故事
熟睡在满布斑斓的人们
将初春的曲谱徐徐拉响
打开房门那倏然的薄寒
仿佛看到浩如烟海的油菜花
那片片穿着金黄色的油菜花
它们虎跃龙腾地争艳着
款款地落在我的心上
满园春色在心中盛开
一个素净、安然的季节
一段萌芽开花、心旷神怡的岁月
站在春的入口
天空那一抹艳阳余晖
将开在园子里那含苞待放的李子树
悄无声息点醒

（李　琴）

冬絮

隆冬时节，思绪片片落如飘雪。

一个人听着老歌，想着过往——当你觉得外面的世界很精彩，我会在这里衷心地祝福你，每当夕阳西沉的时候，我总是在这里盼望你，天空中虽然飘着雨，我依然等待你的归期。

匆匆那年，从繁华停留在空寂，从一个城市到另一个城市走走停停，我以为自己已经习惯了一个人，一个人吃饭、一个人走路、一个人逛街。来到这个斑斓的世界里，我的心却忽然变得宁静下来。今夜俯瞰着群山大地，油区灯火阑珊，我静静地想念走过的这些年。

在这里我明白了青春的梦。每个年轻人都有自己的梦想，也曾为自己的梦想奋斗过，当梦想和现实发生冲突时，必须暂时放弃自己的梦想，用勤勤恳恳的态度，脚踏实地的工作，更快接近自己的梦想。身边的石油人，不远千里来到大乡野山间，抛弃了繁华的都市，白天让忙碌占据一切，晚上在思念中煎熬，一天又一天，他们都不曾试图去想太深的生活哲学。

在这里我读懂了石油情。身边的大龄青年很多，这也成为石油人一大特征，爱情对他们而言，是一件美丽的奢侈品，他们常年漂泊在外，岁月将他们的年轮一圈一圈定格，在不知不觉中大好青春早已失去，他们甚至来不及思考就已经过了恋爱结婚的最好年纪，一年又一年，岁月最终没有留下充足的时间和机会给爱情。

在这里我品味了念家的人。他们对"家"这个词有着更加深入骨髓的认识，漂泊的心，对家的渴望更加炽烈，对家人他们深爱着，但他们更自责，不是他们想离别，只是在现实面前，很多美好的画面只能存在于幻想，一切尽在不言中。一年又一年，失去过才更懂得珍惜和拥有。

在这里我逐渐知道了很多很多东西，在这里我遇见过很多很多人。他是我的师傅、我的同事、我的姐妹，更或者是一个不知名的司机、一面之缘的巡线工、爱过却再也不愿想起的人。他们与我的成长和情绪密不可分，他们与我的眼泪和欢笑紧密相连，因为这就是我日日夜夜生活着的世界。

看岁月流年，时光如酒，尝尽酸甜苦辣，不诉情殇。

望深山含笑，时光留白，窗外风舒云卷，不怨时光。

（高梦溪）

春之烟雨

时间流逝
恍然不知冬已去
骤然抬头
春林初盛　万物复苏
毫无声息地装点着
这温暖旖旎的初春
十里春风过
百花争艳开
桃红草木深
双燕自归来
美得不用增加多余的滤镜
告别江纳线
在这春天里
迎来新的生活
从一片茫然中
理想渐渐浮现
人生的旅程
或平淡或热烈
只有在奔跑中
才能明晰追寻的意义
一年冬去
一年春来
在这春天
写下属于我的图景

（卢华中）

红旗赞歌

这是一群烙下了时代印记的普通人。
他们带着滚烫跳动的红心,穿着旧工装,风尘仆仆,一路走来。
1978年的那个夏天,在笔架山下,合江输气作业区诞生了,
三顶帐篷搭个窝,三块石头支口锅,
第一代合江输气人走过那一段艰辛而难忘的芬芳年华,
他们以艰苦奋斗,吃苦流汗为荣,
在雨雪风霜中书写着"战天斗地"的不屈与坚强,
更是把大庆精神、铁人精神、川油精神的星星之火代代相传。
25年的奋进拼搏,让集团公司基层建设"百面红旗"映照合江。
40年的披荆斩棘,40年的风雨兼程。
峥嵘岁月中闪烁着的光荣与梦想从未褪色,反而愈加鲜艳。
于是,青春的心风雷激荡,
于是,热血的梦斗志昂扬。
三代合江输气人在时间的年轮里,
相继见证了合赤线、两佛复线、佛纳复线和江纳线的投运。
曾经的荣耀正凝聚着拼搏进取的力量,
厚积薄发,与朝阳和繁星为伴的我们,
终于在纳溪西站迎来长宁页岩气的到来。
那些开拓的脚步,传承的正是昨天坚毅的信仰,
不断筑牢"平安输气"的坚定基石。
时光走远,岁月成风,
传承不息的是我们不忘的初心和梦想,

坚守过多少寒来暑往,
履职尽责的脚步,执着地走向着远方。
披星戴月的努力,指引着我们一路扬帆起航,
无论梦多远,无论路多长,
心有梦想,以青春为笔墨,继续书写我们明天的精彩与辉煌。

(黄才晟　石晓波)

不忘初心

红色的血脉
忠诚的基因
因信仰而站立
热血融尽箴言
壮阔的波澜
穿行逶迤的波峰
真正的勇士
伴随枪林弹雨
肩负民族的希望
在生死抉择中造就
惊世壮举责任担当
飞夺泸定谱写新章
铮铮铁链
折射灵魂的忠诚
精神的路标
亢奋的号角
为伟大的梦想拉开序幕
历史铭记这一刻
向前是永恒的主题
不忘初心
是为了更好地前行

（李 芳）

临江仙·致无人区穿越者

2019年4月19日,梁平输气作业区组织青年志愿者11人,成功穿越南万线5千米无人区。感其勇,颂其智,赞曰:

一袭红衣穿禁区,
平稳安全输气,
望闻问切新科技。
大小气管线,
尽在手心里。

五四精神耀百年,
民族复兴崛起,
万里山河话壮丽。
青年正当时,
春风好给力。

(王厚迁)

父亲的桑叶茶

叮咚咚，手机响起。

打开手机一看，是父亲给我发的消息，提醒我有快递到了，让我收一下。拿到快递，这是一个不大不小的箱子，里面轻飘飘的，像没有装任何东西。

我拆开一看，里面是父亲包好的一大袋桑叶茶。桑叶轻如蝉翼，凑成一团，干绿的桑叶上脉络上没有沾染一点水分，我看着桑茶，渐渐陷入了回忆……

"艳儿"，听见父亲叫我，我眨了眨眼睛，摸了摸背上的背篓。此时的我和弟弟正伫立在山腰，看着远处天边的白云。"艳儿，该走了。"父亲再次催促道，弟弟站了起来，伸了伸懒腰，跟上了父亲的步伐。

暖暖的阳光倾灌而下，婆娑的树影在海浪般的草地上投下斑驳的身影，正是采摘桑叶的好季节。

爱桑如命的父亲当然也不会错过，便拉上我们姐弟俩一同走上山顶采摘桑叶。

昨夜恰逢春夜小雨，雨水浸湿了山头，空中散发着湿润泥土的新鲜气息，山角还有点朦胧的未散氤氲，笼在一团，像是披上一层神秘的面纱，害羞地躲进出嫁的花轿。

嫩绿的桑芽儿轻轻地摇曳着，叶宽五至六厘米，翠绿得仿佛一触即破，很快筐内就填满了整整一筐。

"该回去了。"父亲说道，此时父亲额头上出现浓密的汗珠。

回去之后，父亲把桑叶倾倒而出，成一字形排开，筛选出有虫眼的桑叶，在太阳下暴晒三天，将水脱干后，把里面的碎屑过滤干净，用锅翻炒几遍。最后用纸包起来，一袋一袋的。

冲泡的时候拿出一袋,倒上开水,稍等片刻便会尝到浓郁的桑茶香味。桑叶儿伫立在瓶口,如同碧绿的翡翠融进水里,散开碧绿的氤氲。

从碧绿的氤氲中仿佛又看见了父亲满是皱纹微笑着的干枯的脸,渐渐地,在这茶香与茶色中沉醉了,沁入爱人的心脾,从这氤氲之中再次苏醒。

从小到大,我和弟弟的记忆就停留在采摘桑茶的这一个片段,茶冲好了,我在一片氤氲之中,仿佛又看见了父亲喝茶那时的慈祥和蔼的笑容……

(李艳丽)

平凡之路

十月的秋阳已褪去火的颜色,
泛着微亮的忠县站场,
忙碌的工艺人,
早已划破了清晨的安静。
我问,今天又是什么挑战?
你说,不用怕!
工艺人本就为征服而生。
我忐忑不安,
锁如此多的阀门可是第一次。
你自信一笑,
早已做好准备,迎头而上。
月亮出来了,
照亮了你挥汗的身躯,
我想你该休息了,
可你说,
不完工,不下场。
你就像春天,
在平静中默默为世界染色。
一天又一天,
一年又一年。
你如此平凡,
我是那样感动。

(廖成兴)

秋思

秋的寒夜
拨动思念的琴弦
引发晶莹的泪珠

任思念洒满无星的夜空
让秋风吹干满脸的泪痕
随月华流入永恒的月宫
伴流云飘荡千年蜀都

风　　冲破思念的防线
月　　穿透迷失的双眼
雨　　停泊心灵的边沿
人　　遥寄无线电波的牵挂

或许
串不起的情思
早已洒满苍穹

独享
这份甘醇与青涩
抬头微笑

（徐婧源）

香樟树

金粟输气站是个小站，里面有三棵高大、挺拔的香樟树。

40年前，金粟站投运初期，站上不知从哪里找到树苗，种在场站一隅。如今，三棵树郁郁葱葱，枝繁叶茂。

斗转星移。2014年9月，一个20岁的小姑娘背着行囊，循着香樟树散发出的醇厚气息走进了金粟站。从此，这里成了她的新家。

小姑娘叫池亭瑶。站长吴江把她拉到树前告诉她一个传说：新人拥抱了树，就融进这个大家庭，姐妹们心合在一起永不分离。

家，一个听着、想着都觉得无比温馨的字眼，刚离开家的池亭瑶毫不犹豫地伸出了双臂。

金粟站并不大，一眼便可以望穿。在场站待久了，池亭瑶渐渐熟悉起来。这些年员工换了一批又一批，大伙和香樟树一起栉风沐雨，有荣誉共同分享，有困难一起担当，有喜事欢聚一堂，小站便成了亲情之家、快乐之家、温暖之家。大伙看重香樟树，是因为香樟树已成为家的象征。

杨莉对香樟树更有一种情怀。她的父亲早年在威远参加红村会战，亲手在红村的山坡上种过香樟树。她参加工作时，父亲叮嘱她：不论风沙雨雪，香樟树都能生根发芽，长出粗壮的枝干，要像它一样挺直顽强，当一个好工人。多年后，杨莉依然坚守在这个偏远的、承接威远来气的场站。每当她在树下凝望，抚摸布满厚厚苍苔的树皮，仿佛看见父亲满是皱褶的脸颊。

两个月前，刘小平从金山站调到20千米外的金粟站。还在途中，电话骤然响起，站长陈发杰问他喜欢吃啥，忙着赶路的他顺口说了句"鸭子炖汤"。晚上，陈发杰就端上了一锅鸭汤。望着一桌香喷喷的菜和冒着热气的汤锅，这位48岁的汉子却吃不下去，只觉得一股股暖流在心里翻涌。

家的暖流围绕着香樟树无处不流淌。站上谁过生日，早上定能吃上煎蛋和长寿面；谁生病了，一碗红糖水会及时送到嘴边；秋冬时节天干气燥，一大锅银耳汤光闻着就润；两轮班交接时，必定要一起包顿饺子……

国庆节里，池亭瑶临时回了趟家。她不知道，站上恰在她走那天买了一对猪蹄，因她不在家，大伙没舍得吃。两天后，她回到站上，望见最爱吃的猪蹄，忍不住"哇"一声叫了起来，连问什么时候买的呀！陈发杰笑而不答，只催她洗手准备碗筷。

寒风划过，树叶沙沙。香樟树的枝叶更加紧紧依靠，倔强挺立。干了一辈子输气工的何良清说，靠着那树都给人无穷的力量。他退休时，大家说好不流泪，但临别时，他靠着树早成了泪人。先几个月退休的王厚明同样不舍，每次路过金粟站，都会被树吸引回家，再给记忆中的香樟树一个温暖的拥抱。

树根扎进无垠中，输气人的情爱也顺着根向脚下的土地延伸。去年最热的时候，站里突然停水，附近村民杨中秀知道后，挑来几大桶甘洌的井水。不仅送水，就连杨老八磨了豆花，代大姐挖了红苕，古老四收了小菜，都不忘挑到香樟树边。大伙也惦记着老乡的好。村民文莉大喜之日，大伙上门祝福，孩子满月时，又登门道贺。襁褓中的孩子，不知道外面发生了什么，只瞪着一双大眼睛咯咯地笑……

40年，演绎多少精彩和悲欢离合的故事。三棵坚韧而沉着的香樟树相互守望，相互慰藉，见证了金粟站的理想和追求，也包容着他们全部的欢欣与哀愁。

夕阳下，金色的光线将树影投射到地面。远处山坡上，池亭瑶用画笔勾勒着小站和树。"不论以后身在何处，永远不会忘记曾经拥抱过的那棵香樟树，"她握着画笔说。

（范照明）

秋天的味道

微醺的阳光
混着秋日诱人的麦香
我想
这就是秋天的味道

饱满的玉米
沾点桂花味的风
顺着风飘来
我想
这就是秋天的味道

醉人的花香
裹住秋雨的清凉
我想
这就是秋天的味道

向田鼠借一把豆子
向大树讨一捧金黄
我想
这就是秋天的味道

但现在
枝头已挂上冬日的微凉
可我

还在怀念

秋天的味道

那种

满满的

幸福的味道

(奉廷昱)

秋日私语

一缕秋风，吹薄了衣衫；一场秋雨，惊醒了菊黄。

独爱这深秋的周末，暖阳下，拉着家人，呼朋唤友，到附近的健身绿道、湿地公园聊天、喝茶……漫步在银杏树下，呼吸清新、自由的空气。偶尔还会远足，穿越到山野林间，溯溪而上，登高远眺，看漫山红遍，层林尽染。

珍惜当下，热爱生活。自小生长在输气站场，从幼时起就习惯了跟随父母四处迁移，从金粟到安边、仁寿、成都……那时小小的我总能在每一地每一处寻找到快乐之源，可能这就是我热爱旅行的根源。每次到了轮班休息的时间总会和家人或朋友相邀背起行囊，去旅行，在青海湖、云南抚仙湖、九寨天堂、攀枝花米易、西昌邛海、峨眉山巅……钟情于行走在路上的状态，自由、未知、期待、惊奇，可以获得，可以遗忘。

漫漫人生路，需要慢慢地感悟，慢慢地积累，忙碌的生活让人身心疲惫，何不换一种方式，放逐自己跟随心灵去旅行。翻过高山，越过平原，随着飘动的白云一起出发，无拘无束，自由自在。在闲暇的旅途中，走过不同的城市，遇见不同的风物，领略不同的风土人情，尽享各种美食，各种欢娱，视野不断开阔。

有多远，走多远，不受羁绊，没有约束，走过一路山山水水，洒下了一地的灿烂笑容。旅行，是快乐的，在不同的地域和人文环境里走走停停。在一场场际遇下，改变心态，随遇而安，重拾久违的感动。人在途中，心随景动，常常在路上感叹：这世界是如此可爱，如此美丽，心底会迸发出爱的暖流，脸上会不由自主地绽放笑容，生命又注入了鲜活的源泉。

光阴如白驹过隙，转瞬之间，已是人到中年。回首过往，名利、金钱、忐忑、坎坷、巅峰、低谷，沉淀之后，都是过眼烟云。唯有爱人依旧，温柔如初，总是相信，在岁月的转角处，有些情怀永远不会走远，任岁月不羁，任时光老去……

（叶　青）

深秋桂花香

雨连续下了几日，终于放晴了。早上去离家不远的公园跑了一圈，出了一身汗，觉得神清气爽。怪不得老人常说"生命在于运动"，没有活动的日子人都感觉慵懒了。跑步时虽然偶尔感到疲惫，心神却是畅快的。坚持不易，却必须得坚持。未来的路，不能退缩，也没有半途而废的理由。不积跬步，无以至千里；不积小流，无以成江海。或许不会成就什么大事，却不会因为自己不够努力而感到遗憾。

在公园跑步的时候，风中传来一阵阵桂花的清香。金秋十月，桂花香满园。千年万年，桂花香还在，人事几番新。往年这个时候，无论是我上班的输气站，还是居住的小区，都能闻到沁人心脾的香味，欣赏到金色的桂花。今年搬家了，住的地方一株桂花树也没有，也就很难见着桂花，闻不到桂花香了。所幸，一次晨跑，邂逅了久违的桂花。

很多东西，只有去发现、去遇见，才能找到事物的本质。因此，我喜欢出去走走。为了沿途的风景，更为了放飞心灵。

一日将逝，明日又将开启。想着明晨继续跑步，似乎就已经感受到了桂花的香飘四溢。

（何　江）

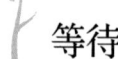 等待

万千年前
雪地冰天
暗黑无边
茹毛饮血的人猿
听不见
我那竭力的呼喊

千万年后
沧海桑田
皓月当天
蜀匠开先
煎制洁白的井盐
历经亿万年的开眼

岁月年年
时代变迁
管线伸延
触发了魂绕梦牵
我是盘古入地的躯间
我是滚滚不尽的能源
我要投入那炽烈的火焰
涅槃
温暖这多姿多彩的世间

(罗洪宇)

输气颂

一代伟人天安城楼，中华立，
百废待兴，除穷白。
百万雄师为强国，脱下戎装踏戈壁。
奋进钻油王进喜，会战气龙入蜀地，
踏戈壁，走山川，
风餐露宿写苦乐，寒来暑往谱春秋。
战川东，斗川西，
多少青春儿女献山村。
束苍龙，缚地虎，
建设全川输气钢铁长龙。
几十载的荏苒岁月，
几十载的火花迸发，
到如今蜀中大地处处是气的幸福之家。
美丽巴蜀因可缚气龙而更加柔美，
焕发无尽魅力，报以蒸蒸日上的希冀。
进入新世纪，
输气人勇开拓，敢创新，
迎接页岩气盛开发，
让这气之花蕊盛开到祖国各地，
为盛世容装，大美我中华。

（严　学）

驾驶员的守望

我是驾驶员
坚持守候在岗位上
感受不到前线的风吹日晒
静静地守在车里孤芳自赏

我是驾驶员
每日不断寻找着方向
倾听车上谈论的工作琐事
积极参与只为奋发图强

我是驾驶员
有着责任和担当
平安将你们送达
是驾驶员们的守望

我是驾驶员
我为打造"300亿"
守望平安、幸福
我为全力推进"气大庆"建设
谱写青春和谐
发挥应有的正能量

（熊忠涵）

见证

总有一种力量,
会化作我们心中的骄傲与自豪。
总有一种感动,
会铭刻着内心澎湃的信仰。
总有一种声音,
呐喊着"战无不胜"的勇敢与坚强。
热血,在中华儿女心中沸腾,
见证着祖国的铁骨铿锵。

昨天的故事里,
你为飞机不够而无奈。
今天,英魂犹在,
人民军队,接受你们的检阅。
七十年的风雨里,
磨洗着多少无私的奉献。
今天,信仰犹在。
大国重器,缔造着共和国的辉煌。
鹰击长空的"利剑",
带着梦想划破苍穹。
军魂铮铮的"虎豹之师",
正守护着共和国每一寸海岛边疆。
隆隆的战车,
在奋进的路上荡气回肠,
我们在自豪中再一次扬帆起航。

让金秋的风,
翻阅着七十年的峥嵘与沧桑。
让时代灿烂的朝阳,
指引着我们前行的目标与方向。
传承信仰,初心不忘,
这是我们中华儿女对祖国的承诺。
让英魂见证:
共同谱写共和国明天崭新的华美篇章。

(黄才晟)

成佳记忆

十年之前
北京奥运会前夕
你如呱呱坠地的婴儿
带着新生的希望
走向我们
你的一颦一笑
让我们喜出望外
你的吵吵闹闹
也让我们彻夜难眠
十年之间
我们朝夕相伴　相亲相爱
阳光　自信
感恩　进取
是我们融入血脉的家风
你说
你喜欢看着我们劳作
巡检　调压　种菜　做饭
一派其乐融融的景象
你说
你喜欢夜深人静的时候
陪我们静静品味孤独
因为这是人生的另一种境界

你说
你一生挚爱红黄棕
这是属于管线的风采
更是根植于生命的颜色
往夕
你静静注视我们
我们默默守护你
挫折　逆境
我们一起坦然面对
齐心协力　矢志不渝
成功　荣誉
我们一起相互激励
奋发有为　再创佳绩
今朝
新的使命在召唤
页岩深处的气龙在沸腾
而你
将带着忠诚与责任
再次启航　奔向远方
别了
朝夕相伴的成佳站
魂牵梦萦的精神家园
十年的陪伴
让我们的青春不留遗憾

（邱　勇）

二月的春

春风
踏着河流
悄悄地
来到我们身边

春雨
带着颜料
泼绿了草坪
润红了海棠花

春色
在风雨的滋润下
绘画出美丽的图案
五彩的花朵装点着绿色大地

远处
穿行在山林间
那红衣人的身影
如火花般闪烁耀眼

石油人
用自己的青春
为春色增辉添彩
为自己喝彩,为祖国争气加油。

(邹　燕)

寒风中的守候

墙角
蜡梅花静静绽放
淡黄色花瓣衬托着花蕊
冷风中夹杂着花香
徐徐飘来

远处
城市灯光点点闪亮
夜幕下如繁星闪烁
家人团聚的温馨
涌上心头

站场
输气人默默坚守
红工装穿越严寒
将清洁能源送往
千家万户

(邹 燕)

情怀

初心不改,坚定信仰,
石油情怀,慷慨激昂,
铮铮铁骨,挺立脊梁,
众志成城,乘风破浪,
前进路上,我辈担当。

(侯玉林)

梦想与荣光

担当与情怀
赋予激情使命
前行的力量
坚韧的信仰
修复沧桑岁月的印记

翱翔云天
睿智的思想
把握生命的高度
拼搏是一种修行
骨子里流淌的血液
荡漾着进取的魂魄
前方是否有路
走过便知

肩负使命前行
喷薄生命的壮丽
迷茫中保持初心
失意时留住微笑
梦想与荣光
一路相伴
伟大在平凡中崛起

生动了情怀的画卷
用心智妩媚春华秋实
用汗水灿烂夏意冬情

（李　芳）

不负韶华

心若大海，何处无舟
人若无心，何谓消愁
我走在一条未知的路上
怀揣着朴素的价值观
愿世界和平
愿所有含苞的花都会开
也许看过太多美景
天空是水一样纯净的颜色
幸福像刚酿好的蜂蜜
忘却了未雨绸缪
我踏过泥泞，苦苦挣扎
钻进牢笼，蔑视自由
执着于为难自己
然而，有谁不曾度过黑夜
有谁没有彻夜难眠
我在荒寂的大草原寻找
何人能将我摆渡
听说，内心勇敢坚强
摆渡了自己
结局才算完美
假如心里有一汪湖水
我希望能有那么一句话
像水珠滴进我的心口
泛起"自是少年，不负韶华"的涟漪

（周思琪）

四十风雨铸辉煌

四十年的风雨沧桑

见证多少澎湃的故事

梦想在燃烧

热血在回荡

故事中那一个个背影

抒怀的,是合江输气人的坚毅与铿锵

四十年的岁月年轮

铭刻着多少拼搏的信仰

青春在飞扬

精神在薪火相传

征途上那一个个脚步

走过的,是合江输气人的果敢与坚强

那些寒来暑往

我知道,有多少雨雪风霜

就有着多少精彩辉煌

那些砥砺乘风

我知道,有多少崎岖坎坷

就有着多少责任担当

四十年的路

就是合江输气人四十年执着的梦

四十年的携手同心

就是四十年的热血飞扬

路很远,梦很长

回首,是我们一路的开拓奋进

展望,就是我们明天更加华美的篇章

(黄才晟)

岁月极美

夏末初秋的微风伴着一缕暖暖阳光,舒适得让人想躺在公园长椅上,半眯着眼感受徐徐落下的秋叶,但还没等我付诸行动,秋天就已在忙碌的日子里悄然离去了,街上人们匆忙的脚步带起小小的气流,吹拂过最后一地金黄,太阳躲进冰冷的云层透出没有温度的光,寒风吹过缩着脖子的人群,我后知后觉从衣柜里清理出厚衣服,看来冬天已经来了。

最近常常感叹时间过得真快,岁月流逝弹指一挥间,然而感叹归感叹,时间一分一秒地过去,我们谁也制止不了,回过神来还是得继续忙着那些不大不小的事,日复一日年复一年,人似乎生而忙碌,忙碌中时而有收获的喜悦,时而有失去的痛苦,时而陷入迷茫,时而奋勇向前,人似乎也生而寂寞,因为这世上没有谁能完完全全地和我们感同身受,即便是父母即便是伴侣……

不管是忙碌也好寂寞也罢,都将无一例外汇入岁月湍急的长河中,而我们始终能从中找到答案。

人之所以悲哀,是因为我们留不住岁月,更无法承认青春有一日是要那么自然的消逝,而人之可贵,也在于我们因着时光环境的改变,在岁月里得到长进。

三毛说:岁月极美,在于它必然的流逝。

当我们回望过去,春花,秋月,夏日,冬雪,原来它不是只在脸上留下一道道印记。

当我们回望过去,欣喜,感动,欢愉,庆幸,原来它也不是只在心里留下一道道伤痕。

我们总是更专注于活着,在这芸芸众生里努力做好一个普通人。偶尔停一停,享受生命一刹那的喜悦,那么即便岁月流逝,也尽显浪漫了。

(郑前进)

同学赋

叹匆匆过去三十年,弹指一挥间。
忆往昔美妙时光,竹马青梅,两小无猜,
晨起结伴,读圣贤之书于学堂。夜来相邀,释童趣之乐于华街。
旧游历历,往事悠悠,梦中几曾得见?
惜青山依旧,流水不还,
鸿鹄燕雀竞逐梦,地北天南各一方,
念人生无常,情谊难消,对酒当歌,感慨万千。

(雷 欣)

为梦想远航

悲苦的纤绳
深深地陷进背脊
倒伏向前的姿态
丈量风满的桅影
厚重的背影
背负缄默执着
岁月的河
在额头流过
用韧性酝酿力量
把梦搭在肩上
苍凉的号子
让搁浅的愿望起航
无论有多少风雨
前行是永恒的主题
心有所向
梦想远航

（李　芳）

为梦想接力

有许多瞬间需要珍藏
有许多经典需要铭记
鸟瞰信仰铸就的浮雕
他们用视死如归的热血
唤醒鲜活的黎明
用虔诚不朽的放歌
缔造出青春中国
从血与火中走来
金秋勾勒辉煌的画面
镰刀斧头合化的光辉
让宣言和五星红旗
成为经久不息的记忆
时间是最伟大的作者
读着绿浪滔天的词汇
槭槭的树声茂盛翠迭
在蟒绿的海涛间
口碑是和煦的春风
吹拂在神州大地
善始善终的平民情怀
成为人们行路的指南

（李　芳）

悟道

许多到过绵阳的人都深切感受到,这里只有冬夏,却未见有春秋。

不经意间,感官触碰到冬日的书页,人畜均大幅减少了户外活动,冬雨则急慌慌奔入自己的主场……

对于长年野外作业的我们而言,天高地阔的感觉最是受用,因为此时路好走。当然,这得归功于玉米棒子和水稻从田间地头中的隐退。

作为一名天然气管道保护工,走路是必修课。因为,你不用双腿将身子移位于管道附近,怎么能用眼睛去洞察管道周围秋毫的变化呢?

当然,这里所说的路不是那衔接文明、光洁好走的惠民硬化路,也不是那以现成的泥石为基底未做大的改造但却沿用至今的乡间小道,而是那伴行于天然气管线周遭的一条"奇怪"的路。

这条路又名巡检通道,是开展管道巡查的必由之路。之所以说它怪,主要是因为,它不仅不具备道路的连续性,且还大多隐没于密林草丛之中。

里程桩和堡坎标示天然气管道的走向,为保证它们始终存在于你的目力范围之内,你就只好别无选择地行进于这大多仅存于记忆的通道之上。

田埂是最主要的路段,尽管阡陌交错,但只要你是搞天然气管道巡护工作的,便无一例外地将离管道最近的田埂串联在一起,作为你当天工作的通路。遇见水沟是常有的事,它们多是一步的宽度,只一跨过,路又在脚下;要是遇到较宽的水沟或一条小河横陈于你面前,要到对面,那就只得顺流而下或逆流而上,找到一个便桥或几个可供通行的石礅才行。

当你来到一个高高的崖壁之下，则往往是一道极难攀爬的大堡坎，巡检的路便只得在这里转一个身，就近上一个相对好走的缓坡，而后绕到那梁子上面去。

五千年的文明照说早已踏出了不计其数的路，但走的人少了，路也就绝了迹。这情形在退耕还林的当下尤为明显。夏季，草木疯长，自不必说；即便是在冬季，枯死的衰草却仍多保有站立的姿势，将原先若有若无的一条条山路盖得严严实实，这就给找路增加了不小的难度，以至于，往往逼得你只好刀砍斧劈地重开一条新路。

因为是在野外，人的路和动物的路便多有交叉。遇见蛇是常有的事，遭遇狗儿追就更是家常便饭。能否营造一种人和动物和谐共存的自然氛围？这是一种蠢想，但当你跟它们切磋几招之后，也往往会陡生这样一种不切实际的念头。好在是冬天，不用去担心蛇，于是，防狗就成了最闹心的事。

风霜雪雨，严寒酷暑，一只只拦路虎，始终阻挡不住管道巡护工的脚步，但个中辛酸唯亲历者自知。现代科技对天气的预测仍很欠准头，半道遇雨或气温骤降，这是许多人都经历过的事。特别是在冬季，你就得准备一个大大的背包，除雨伞和水之外，背包内起先却大多要空起。接下来，一路走一路脱，原本穿在身上的衣服渐次钻进背包里，最终把背包塞得满满当当的。而一旦到了当日巡检的终点，稍事停歇，就又得一件件地将它们取出，将身子包裹得严严实实。

抓挠发痒的留有犬牙印记的腿部，指着前面的山路，我曾有过畏难的情绪。一道巡查的年轻干部许多则不住地给我打气。他说，这条巡检通道旁边是北外环天然气管道，这条管道保证了省内多个城市和地区的用气，它的运行管理关乎沿途群众的生命和财产安全，我们没有理由不把它守好。

一个偶然的机会,我发现老乡们也用上了天然气。那天,我上一个农户家要开水喝。她二话不说,接了一壶水放灶上,"咔嗒"一下便生起了火。我惊诧了,农家厨房居然告别了烟熏火燎的日子;放眼望去,田间地头一片片村落再不见记忆中炊烟袅袅的场景。怪不得,山路难走,原来,人们已不再拾柴火生火做饭了。

我猛然醒悟,这条巡检通道并不单单守护着天然气管道,它还守护着绿水青山,守护着人民大众的幸福。自此,我告诫自己,作为一名党员,要坚决消除畏难情绪,以饱满的热情和良好的精神状态,积极应对来自各方面的挑战,为北外环天然气管道安全平稳运行尽到自己最大的努力。

(宋柏杨)

仪陇赋

蜀地仪陇,古隶梁州。人杰地灵,输气立区。悠悠八载,纵横八百里。责重如山,问君何时还?红衣子衿,徒步九折。良驹十匹,越陌度阡。烈日当空,汗如飞湍。雨雪瀌瀌,凝肃惨栗。山峦盘旋,梯栈钩连。锋岩绝壁,欲度愁攀。

子规啼山涧,侧卧乡野间。佳人待于闺,因誓语骊山。孩童念其父,娇妻盼夫还。大禹何茫然,望夫今犹在。寄情与明月,怆然而涕下。谈笑如鸿儒,归来华发生。

望兴叹,鸿鹄之志欲飞天,奈限其制潜深渊。恩在怀,但使红衿良驹在,不教蛮夫度陈仓!

(熊忠涵)

油气岁月,今朝你我

岁月在积淀中酝酿
越品越是醇香
在来处归途中寻迹
不知不觉越走辉煌
气藏在涌动
似呼之欲出
似势如破竹

有一群可爱之人
红衣加身
翻山越岭
用脚丈量
在天地广阔间
巴蜀大地上
用勤劳智慧
架起万里管长

回首
过去的颜色是灰色
标签是朴素
暗淡旧照
峥嵘岁月激情昂扬
尽显奋斗与担当
从无到有打下基垒
精神力量福泽绵长

亲历
当下的颜色是红色
标签是活力
雏形蓝图
基因传承末梢发力
彰显壮志与昂扬
继续夯实不断创新
储蓄力量更展宏光

展望
未来的颜色是彩色
标签是艳丽
智能多姿
绚丽舞台领军向前
挥舞高效与便捷
坚守能源护住动脉
共建和谐美好家园

梦想还在不断起航
油气中的你我
肩负初心
在平安中坚守
在奉献中绽放
风流人物
还看今朝

（敬小倩）

春赋

雨停了
屋檐还残留有水
滴在凋零的落叶
落在路边的青苔
飘进窗台的花盆

谁还记得
雨
是什么颜色
雨已经停了

彩色的蝴蝶
悠悠荡荡地飞舞
不再害怕雨水拍疼柔软的翅膀
喧闹的麻雀
叽叽喳喳地歌唱
不再担心雨声盖过放肆的歌声
躲雨的人们
舒畅地走上街头
不再担忧雨水浸湿自己的衣裳
世间复苏
因为
雨已经停了

有几束光
鳞次栉比地穿过云缝
跌进阳台
透过台面的水痕
在墙上折射出五彩斑斓的壁画
温暖了整个大房子
它不厌其烦地
用色彩的印记
向你传达讯息
告诉你
雨已经停了

雨停了
向着阳光
我们前行

（谢雯洁）

"我"眼中的你

——致所有奋战在一线的输气工

假如我是一片云
伴你在世外桃源般的世界
让天空也染上清新与炫丽
我看见,站场上的你
正拿着水管冲着水与设备嬉戏
仿佛一幅幅浓淡皆宜的山水画
我飘到你的身边
想要给你一个拥抱
而忙碌的你只来得及给我一个微笑和余光

假如我是一片叶
嫩绿的娇躯,暴露于清晨的细雨
黎明的眼角,喜泣于微微在风中
我看见,站场上的你
正用柔软的毛刷为设备上油
如同呵护爱人的双手
我躲在树丛里
没有发出任何声响
聆听,你干活时不时愉悦的歌唱

假如我是一块石
被雨、被风、被你抚摸着棱角
咯吱、咯吱伴着黑夜悄然离去
我看见,站场上的你
正用有力的双手搬动阀门
就像天生的大力士
我藏在你的脚下
一动不动地向上凝望
凝望,你那日晒雨淋后越发坚毅的脸庞

假如我是一朵花
低垂的在微风中倦慵地轻吟
安静的在围墙下吐露着芬芳
我看见,站场上的你
正用专业的仪器检测数据
一丝不苟、用心专注地思考和记录
每一幕都是如此的帅气
我红着脸庞悄悄向你眨了眨眼睛
你只说了一句:"谢谢,我们一直在一起。"

(张书蓝)

冬雪

北方的雪,我只见过一次,但从未在心里融化。

那一年,到达吉林市后天还未亮。就在这个清冷的清晨,我们坐上了发往雾凇岛的第一趟班车。

车轮压过积雪,发出的吱吱声刺激着我的耳膜。在车上,遇见了在广州读书的两名大学生,他们背着厚重的背包,利用寒假逆行到这里,想看看传说中的雾凇。

车子行驶得并不快,由于开足了空调,车窗早起了一层薄薄的雾气。我用手在车窗上快速抹了几下,从划痕中望出去——原来雪也是静逸的,总是夜里悄悄地来,又悄悄地去,清晨呈现在人们眼前的是纯白一色。银装素裹的天地间,令人心旷神怡,赏心悦目。

临近雾凇岛,我们接受了班车司机的好意,转乘当地的一辆便车。天刚刚亮时,顺利抵达了韩屯村。

村里早已是白雪的世界。转过一道弯,我停了下来。眼前是怎样的景象呀,远处高大的树木、近处低矮的灌木,全部挂上了洁白松软的雪花。这就是传说中的雾凇吗?我有些不敢相信。

一位早起的村民似乎对我们的大惊小怪习以为常。他自豪地告诉我们,这就是吉林特有的雾凇,只要气温足够低,空气中水汽足够大,没有降雨或降雪,就能看见雾凇。哦,对了,更重要的是不能有风,大风一吹,雾凇就掉了。

进村第一眼居然就看到了最美的雾凇。

沿着进村的道路,其实已看不见任何路,我们肆意走在雪地上。雪花缠绵着洒落,在冬天的枯枝间静然停留。

雾凇岛在松花江对岸,尽管河面不宽,但只能通过渡船过去。艄公是一对父子,常年在这里摆渡。很快,我们渡过去,到达覆盖了层层冰块的对岸。

雾凇岛真是一个寂静的世界。岛上几乎看不见人,地面的积雪如此干爽而厚重。我用双手轻轻捧着雪花一路欢歌,雪在手心里如细沙轻轻滑落。

夜里,起风了。温度骤然降低到零下三十度。

我离开满族民俗大院,信步走在村道上。远处,早已没有行人。昏暗的路灯下,晶莹的雪花纷纷扬扬,静静地飘落在发梢和身上。

苍茫的夜色中,这场雪是那样纯净,竟与北方女子的纯净多情、婀娜多姿并无异样。霎时,发生在吉林的一桩往事涌上我的心头。

2004年,吉林市退休医生黎姐,辗转到四川寻找多年前的初恋。

黎姐1971年初中毕业后,到吉林市下洼子当了一名知青。黎姐美丽的容颜,像极了一朵雪花。不久,她与在那里服役的海哥相识。

那时,两人在一起的时间并不多。在相处的日子里,海哥给黎姐买了一条象征纯洁爱情的信物——白纱巾。黎姐很小心地珍藏起来。

海哥复员回四川后,考上了一所医学专科学校。1974年,黎姐回城在一家医院参加了工作。她每月从21元工资中拿出10元寄给海哥当作生活费。

两地相隔数千里,思念无法逾越。一年后,海哥最后一次写信:今生不能做夫妻,那就做世界上最好的朋友。

整整4年,黎姐才从失恋中走出来,与当地一男子结婚。然而世事难料,孩子两岁时,黎姐的丈夫因病去世。此后,黎姐一直未再嫁,海哥的影子又从她心底里爬了上来。退休后,黎姐希望在不影响海哥家庭的情况下,能见上一面,了却一桩心事。

黎姐的情义与执着感动了一座城,在大伙的帮助下,辗转找到了已搬迁到成都的海哥。

时隔数十载,两人在成都相见时,都从对方依稀的轮廓中一眼认出了彼此。逝去的青葱岁月让两人感慨万千。海哥和女儿请黎姐品尝了成都小吃,游览了成都名胜,实现了当年的承诺:今生不能做夫妻，就做世界上最好的朋友。

蓦然间，夜色更浓了。凝视着寒夜里飘飘洒洒的雪花，此时温暖而多情。冬去春来，落雪悄融，终是无声的爱。想着逝去的爱也是好的，像这厚重的雪后，眼前满目的纯净，让人感觉生命的美妙与无常。

（范照明）

冬日暖阳

周六的早晨，久违的暖阳照在玻璃窗上，折射后的余暖仍然浓厚，万物享受着阳光的博爱恩赐，一切都是那么的自然。

暖阳高悬，碧空晴朗，心境随着阳光开阔起来。一时兴起，驾驶汽车，带上孩子和母亲，行驶在乡间小道，看路旁的树木，高低起伏，赏冬日的溪水，绵绵流长，水面粼粼波光闪闪烁烁。

行至一方庭院，沏一杯清茶，冬日的暖阳透过树叶零零散散洒落在我们的身上，怀里的谦宝也被这温暖吸引，向着缕缕阳光，小小的肉手张开、摇动、抓紧，小心翼翼地在我们面前打开双手，分享他的"战利品"，却发现手中的阳光"不翼而飞"，大大的眼睛里写满了疑惑和失望，望着空空的小手，小嘴一瘪就要哭出声来。一阵微风吹过，一片落叶飘落到谦宝手中，黄黄的、暖暖的，拿着新"玩具"这里打打、那里拍拍，笑眯了眼。"一片树叶都可以在旁边乐呵半天，你看，眼泪花儿都还没干呢"母亲笑着打趣儿。

对于幸福的定义，人们往往不停地做加法，美满的婚姻、顺利的事业、传奇的经历……但我觉得懂得减法的人似乎更智慧，学会放下，敞开心胸，看世界的美好，享冬天的暖阳，简简单单，做一个幸福的普通人，有一两样生计吃饭本领，多几样生活爱好兴趣，有一两个小小的理想，有空琢磨琢磨育儿心得，闲时也国内国外旅旅游，欣赏人生路上的别样风景，这样挺好。

新年将至，愿大家拥有简简单单、平平淡淡的幸福，愿冬天的暖阳永远将你们包围。

（李林蔚）

剪影

阳光耀眼
香气氤氲
一缕馨香
一丝情致
细细品味
静静思索
生命中
阳光里
那些当下的幸福
那些过往的美好
是否
终将化作思想中浅浅的余温
是否
终将铭刻为心灵深处淡淡的剪影

（王　静）

女儿的第一次比赛

早上7点10分,闹钟一如既往地准时响起。5岁的女儿跳跳揉了揉惺忪的睡眼,坐起身来,一边快速认真地穿着衣服,嘴里还一边提醒,"妈妈,老师叫你今天给我扎马尾。"

跳跳之前被选入幼儿园啦啦操队,今天是啦啦操队代表学校参加成都市青羊区啦啦操锦标赛决赛的日子,这也是她人生中第一次参加较为正式的比赛。

按照规定时间,我和跳跳准时到达比赛地点。在幼儿园老师的带领下,所有参赛小朋友排成长队,很快进入准备状态。抹了口红的跳跳总是喜欢撅着小嘴,看着她向我走过来,我故作惊讶地问道,"这是谁家的小美女呀?"跳跳腼腆地笑了起来,同时还不忘给我一个大拥抱。

本次比赛共有100多所学校参加预赛。比赛中,评委组将根据编舞、现场表现、服装、组织等情况进行评分并实时公布,比赛结束后将现场宣布比赛结果并举行颁奖典礼。

比赛正式开始,一支支啦啦操摇曳生姿映入眼帘。跳跳穿着短袖、短裙与其他小朋友聚在指定位置候场,小脸上写满了欢喜与期待,没有一丝慌乱和紧张。为了记录下跳跳第一次登台这一值得纪念的时刻,我提前在场外找好了最佳拍摄位置,轮到跳跳上场时,我已端起手机准备就绪。24个孩子手拿花球,迈着整齐的步伐,昂首挺胸走上舞台,伴随着音乐响起,孩子们开始整齐而有力地跃动,灵动的马尾辫不停地摇曳,举手投足间洋溢着自信与活力,欢快的音乐令在场的每个人都热血沸腾。

跳跳退场时,主持人正好在宣布之前参赛队的得分,她误以为是她们队的得分,认真地向我确认,"妈妈,我们得了8.4分吗?"

我一边给她换装，一边解释不是。然而此时我内心却十分忐忑，我能感觉到跳跳很在意她们队能否取得名次。万一没取得名次，我该怎样去安抚她？如果成绩不错，我又该怎样去表扬她？

所有参赛队表演结束后，小朋友便离场，仅留各队教练参加颁奖典礼。按照跳跳的要求，等宣布得分之后，我和她才离开。所幸成绩还不错：8.6分。跳跳不停地问我，"妈妈，有奖牌吗？有证书吗？"仿佛她们队已经取得了名次似的。根据预判，8.6分的成绩进入前三还是有希望的，不过跳跳对名次的关注过重却是一个问题。

"比赛获奖是一件很开心的事，不过没得奖也不气馁，能够进入决赛说明你们队还是很不错的。"在返程的车上，我和跳跳进行了一场交心谈心，内容主要是肯定她今天的表现以及分享参加比赛取得的收获。很欣慰，跳跳在聊天中客观地指出了自己今天表现不足的地方，对排名的关注度也减少了许多。

汽车平稳地行驶在二环高架上，舒缓的音乐和小女孩的鼾声在耳边回响，断断续续地还传来手机QQ嘀嘀嘀的声音，"祝贺小朋友们荣获二等奖！"在聊天群里刷屏了。通过后视镜望着后排座椅上熟睡的小女孩，心中感慨：孩子，妈妈不想让你被"第一"束缚着前行，最有意思的事情往往并不是成功本身，而是在成功路途上的艰辛成长与蜕变，希望妈妈的爱能够让你不惧跌倒，面对失败依然能够自信、从容、勇敢地爬起来。

（冉　娟）

春雨

嘘！快看！一场关于春雨的演出，就要开始了……

青墨色的乌云镶嵌在天际，使得原本灰白的天空又增添几分深色，冬阳也一如既往的懒散，悄悄躲走偷闲去了。起初，乌云慢慢地吞噬着天边留白，若不留心，并不会察觉。渐渐地，它变得有些急躁，不满自己仍旧狭小的地盘，加快了蔓延速度。不一会儿，已经有好几块胖嘟嘟的云朵被它覆盖，天空顿时像失去一盏明灯，变得昏昏沉沉，压抑满满。随着时间的推进，乌云的野心越来越大，它侵噬天空的速度也越来越快。终于，整个天空都布满它的痕迹，愈发青黑，一片死寂。它却开始变得耐心起来，耐心地和在冰封中煎熬的万物一起等待，等待着春雨的到来。

待几道夹杂寒气的细风划过大地，春雨如梦幻般降临人间。它时而变成一条条薄薄的轻纱，漫天飞舞，轻轻地抚摸着世间的万物。时而变成一个个小精灵，有些跳到树梢上，有些跑到枯叶下，还有些来到紧闭许久的窗前，温柔地唤道："大家快醒醒。"时而变成一串串音符，小鸟们看见了，便唱着歌儿挥着翅膀同春雨嬉戏，即使柔顺的羽毛被打湿得透彻，也丝毫不影响它们快乐的心情，反而在空中活泼的跳起舞来，好不热闹！春雨时而又变成一颗颗珍珠，一颗连着一颗，仿佛使全世界都笼罩在用珍珠串成的帘子里，那毛茸茸的嫩芽不经意间漱漱冒出来，在光秃秃的枝丫间，探出青油油的头发，悄悄地道出春天已经来临的秘密……

不知过了多久，春雨悄然离去，留下了一幅绝美的画卷：墨白相间的天穹，新绿惹眼的嫩芽，微波荡漾的新湖，还有远方懒懒升起的袅袅炊烟。美景已然在，何怕无人赏？眼见天色放晴，一扇扇紧闭的门窗都被推开，孩子们顶着红扑扑的小脸蛋，欢呼雀跃着奔着公园的方向追赶嬉戏，紧跟其后的父母们担心地呼喊着，若是碰着熟人也暂时作罢，停下来笑着闲谈几句，还有漫步在街边的老人们，挪着不紧不慢的步伐，舒活舒活筋骨，享受着难得的新鲜空气，轻轻地一吸，便尝到了春天最美好的味道，笑容不禁浮上脸庞。良辰美景，赏心乐事，这正是春雨给予的真情。

每年伊始，春雨总会在期盼中降临，对冰冻三尺的世界进行洗礼，万物得此生长，生命得以延续。春雨过后的世界是最美的，未施粉黛，不藏心机。其实人也一样，经历过苦难和磨炼，才会真正沉淀下来，褪去那尘年的浮华，显出真实的自己。这时，才会清楚地认识到：吾初心何在，吾彼岸何方，看穿虚妄，直达本质，豁然笑道幸福之不易。

洗尽铅华始见金，褪去浮华归本真，这便是春雨告诉我的真理。

（廖思琪）

我的母校

人到中年，不知从什么时候起，开始习惯回忆，搜索那些早已远去的步伐，寻觅年少时的点点滴滴，母校的影子在脑海中渐渐呈现，慢慢清晰起来。

我的母校坐落于大邑县安仁古镇，是当地豪绅刘文彩于1942年捐巨资修建，故原名文彩中学，新中国成立后更名安仁中学。

记忆中的母校，青砖、翠柏、花墙，古朴校园缕缕书香；年少、纯真、梦想，成长的岁月悠悠难忘。

古香古色的母校，留下太多挥之不去的美好，浓浓的思念，带着我回到阔别23年的校园，亲爱的母校，我回来了！您是否别来无恙？

推开厚重的黑木大门，绕过典雅的钟楼，踩着青石板路，穿过蝴蝶花墙，步入翠柏簇拥的林荫小道，行走在熟悉的校园，我的脚步越来越轻巧，恍若时空穿越，重回学生时代，变成了32年前那个留着短发、背着书包，无忧无虑的女中学生。

行走在迷离的时光中，不知不觉来到当年的教室前，青砖灰瓦，朱红木窗，四角屋檐高挑，一如既往的朴素里，藏着大家闺秀的气质，安静、秀美、高雅。曾经，我在这里奋笔疾书，在这里埋头苦读，在这里欢笑哭泣。

周末的教室里出奇地寂静，每一张课桌上，都堆积着高高的书本，几个学生正把头埋在书本间认真做作业。我蹑手蹑脚走进去，走到最后一排悄悄地坐了下来，双手撑着脑袋，望着前面的黑板，刹那间，一张张同学笑脸，一幅幅手书黑板，一句句妙语连珠，一声声严师呵斥，依稀浮现眼前，回荡耳边。

假如时光可以倒流，我愿意再当一次学生，再听老师讲一节课，再做一篇作业，哪怕再批评我一次，我都悉心领受。

青春如同奔流的江河，一去不返，敬爱的老师们如今什么模样？朝夕相处的同学们现在何方？曾经人声鼎沸的教室，如今只我独自黯然神伤……

遥想当年，13岁的我怀着对知识的强烈渴望，对未来的美好憧憬，就读于梦想中的文彩中学。还记得，当我第一天踏入校园，就被校园古朴大气的风范吸引。

3年的学习，紧张、忙碌、充实，永远做不完的作业，无休止的考试，至今不忘；宿舍里窃窃私语，饭堂前百米冲刺，操场上你追我赶，历历在目；黎明前"当当"钟声，敲醒酣睡的我们，打着手电，抱着书本，迷迷糊糊走向教室，仿佛就在眼前。

亲爱的母校，滋养我年少稚嫩的心灵，放飞我青涩可爱的梦想，岁月的风霜催老她的容颜，但无论过去、现在、将来，她永远是我心中最圣洁高贵的殿堂。

城市的喧嚣，纷扰明净的心境，激烈的竞争，冲淡当初的梦想，生活的磨砺，让我对母亲的眷恋变得朦胧起来，更在意功名利禄之间的患得患失，在利益中论成败，在歌酒中品英雄，心灵田园逐渐荒芜。今日再见母校，风姿依旧，不管岁月更替，风吹雨打，她都用宽阔的胸怀，迎来送往莘莘学子，留给自己孤独和宁静。

（刘　芳）

代 后 记

历史学家罗荣渠说过:"思想是气体,谈话是液体,写出来才是固体。"《气韵》汇聚了输气管理处众多文字工作者的心血,更汇聚了输气人的成长故事。数载以后再看她,一定会忆起过往的经历,曾经感动的那一瞬间。

谢丽红

朋友说,巡线有啥写头?就是老员工也不见得能弄出个彩头来。可是,在我看来,他们在巡线路上留下了数不清的脚印呀!这条巡线路可不简单,不单单守护着天然气管道,它还守护着绿水青山,守护着人民大众的幸福。

宋柏杨

当你走进输气人的世界,字里行间流露的满满都是真诚。时光总是过得很快,所以我们将这些感动轻轻描绘在纸间,镌刻进时光,定格只属于输气人的独特记忆。请在这里短暂驻足,感受输气人的非凡气韵。

周 蓉

看《气韵》前言时,就被"每一个传奇背后都隐藏着无数输气人的坚守与执着"这句话深深打动了。比起各类畅销书,《气韵》的魅力就在于读完后,会慢慢勾起同为输气人的似曾相识的感受,一种不管世事变化沧桑,浓缩了的人生精华。

郑剑雄

《气韵》其实是输气人自己讲自己的故事,真实不做作。每一个故事都是输气人最真实的上班日常,每一篇人物通讯都是输气人最接地气的生动形象,每一篇心情日记都是输气人工作生活的心路历程,每一首诗歌都是输气人最积极的人生态度。

张书蓝

这儿没有所谓的高大上人物秀,只有自己身边人扎根基层、勤奋工作的鲜活真实生活故事,沉淀的是咱们深厚的输气文化。回想起成立之初的艰苦岁月,祝愿我们的输气事业蓬勃发展,未来更加美好。

罗 琴

(作于 2020 年立夏)